Espionne ou princesse

LORRAINE HALL

Espionne ou princesse

Traduction française de
BARNABÉ D'ALBES

AZUR
HARLEQUIN

Collection : Azur

Titre original :
HIRED FOR HIS ROYAL REVENGE

HARPERCOLLINS FRANCE
83-85, boulevard Vincent-Auriol, 75646 PARIS CEDEX 13
Service Clients — www.harlequin.fr
ISBN 978-2-2805-0168-2 — ISSN 0993-4448

Édité par HarperCollins France.
Composition et mise en pages Nord Compo.
Imprimé en février 2024 par CPI Black Print (Barcelone)
en utilisant 100% d'électricité renouvelable.
Dépôt légal : mars 2024.

FSC www.fsc.org MIXTE Papier issu de sources responsables FSC® C159065

Pour limiter l'empreinte environnementale de ses livres, HarperCollins France s'engage à n'utiliser que du papier fabriqué à partir de bois provenant de forêts gérées durablement et de manière responsable.

1

Alex avait un nom de famille, forcément, mais elle ne le connaissait pas. Elle ne le connaîtrait probablement jamais. Dans sa mémoire demeurait le vague souvenir d'avoir été appelée Alexandra, dans l'enfance. Puis diverses personnes lui avaient appris à se débrouiller seule dans la rue. Des gens généreux, cruels, indifférents... En tout cas, elle avait survécu et, aujourd'hui encore, au quotidien, c'était son principal objectif.

Contrairement aux autres, elle ne se rappelait rien de sa vie d'avant. Elle était donc partie du principe que soit ses parents étaient morts, soit ils se fichaient éperdument de son sort, ce qui revenait au même : elle était là, pas eux.

Pour une femme, le meilleur moyen de s'en tirer dans les impitoyables rues d'Athènes consistait à se faire passer pour un garçon. Sa silhouette frêle et menue l'aidait, même à vingt-quatre ans, à adopter aisément l'apparence d'un adolescent. Il suffisait de porter la tenue adéquate : un pantalon baggy dissimulait la forme de ses hanches, un manteau droit sur plusieurs T-shirts lui donnait un peu de carrure, et l'élastique retenant ses cheveux au ras de la nuque passait pour un catogan. Enfin, ses grosses bottines à semelles crantées lui faisaient gagner quatre bons centimètres. L'illusion était parfaite ; personne ne s'était jamais douté de rien.

Adossée au mur d'un immeuble, au coin d'une rue touristique, elle scrutait la foule. Elle devait rencontrer quelqu'un. Or elle préférait fixer ses rendez-vous dans un secteur très fréquenté afin de pouvoir disparaître en un clin d'œil « en cas de difficulté ». Dans le commerce du renseignement, en effet, les hommes de pouvoir avec qui Alex traitait pouvaient assez vite perdre leur sang-froid s'ils n'obtenaient pas ce qu'ils voulaient. Ou s'ils entrevoyaient leur arrestation prochaine.

En principe, elle n'acceptait la mission que si le client lui était recommandé, et après examen fouillé de son identité. La prudence était la règle d'or, à plus forte raison lorsqu'on venait solliciter ses services en personne.

Pourtant, cet après-midi, elle ne savait pas vraiment qui elle allait rencontrer. Seulement que cette personne lui avait promis une rétribution d'un montant impossible à laisser filer. Une somme assez exorbitante pour permettre à Alex de quitter définitivement le marché du renseignement ! Elle en rêvait.

Certes, au début, c'était amusant. Le jeu était facile et d'apparence inoffensif. Nul ne prêtait attention à un « petit gars des rues » et ainsi, sans effort, elle pouvait écouter des gens, les observer et vendre ces informations à ceux que cela intéressait. Oui, c'était excitant et lucratif.

Mais depuis qu'on lui commandait des missions précises, elle courait le risque d'être connue en tant qu'agent de collecte au sein de divers milieux peu recommandables. Il ne s'agissait plus d'un jeu : ça devenait trop risqué.

Comme aujourd'hui. Alex n'était pas née de la dernière pluie : la récompense offerte pouvait être un leurre et ce rendez-vous, un guet-apens. Grâce à ses renseignements, des notables, des politiciens et des hommes d'affaires véreux étaient tombés pour corruption et cherchaient à se venger du « jeune garçon sans domicile connu » qui œuvrait en tant qu'espion. Ils ne se contenteraient pas d'une demi-mesure : ils voulaient sa peau.

Alex pouvait à tout moment jeter son masque. Vivre sa vie en tant que jeune femme, ou partir s'installer dans une autre ville pour reprendre les filatures. Ces options lui paraissaient toutefois aussi dangereuses que les hommes qui la cherchaient.

Au moins, pensa-t-elle pour se consoler, dans sa situation, elle connaissait ses ennemis ! Mais elle avait l'impression de lutter pour sa survie sur le bitume depuis toujours… elle était fatiguée des subterfuges, des mensonges, du péril. Elle avait envie d'un quotidien plus apaisé. Envie de se sentir en sécurité.

Or c'était justement ce luxe que la mission d'aujourd'hui pouvait lui offrir. Potentiellement : si ce n'était pas un piège, à condition que le contrat soit réalisable et sous réserve que le mystérieux client soit fiable. Pour le moment, elle n'avait discuté qu'avec un intermédiaire.

Et maintenant, elle l'attendait. Elle attendait un homme dont elle ne savait strictement rien ; son messager, un colosse aussi taciturne qu'un moine, lui avait seulement dit qu'il la retrouverait ici.

Une nouvelle fois, Alex scruta la foule avec une attention soutenue. En parvenant à sa hauteur, quelques personnes manifestaient de la nervosité : des messieurs s'écartaient, des dames serraient leurs sacs à main. La plupart, cependant, ne la voyaient pas. Elle était invisible, transparente – elle n'existait pas.

Dans ce quartier, les touristes songeaient certainement à ce qu'ils allaient faire, quelles visites, quelles babioles qu'ils achèteraient en guise de souvenirs. Alex ne voyait pas l'intérêt d'aller contempler les ruines d'un monde disparu depuis si longtemps que personne ne pouvait s'y projeter.

Elle préférait se concentrer sur les êtres humains. Les vivants. Elle aimait regarder leurs visages s'animer, découvrir à quoi ils réagissaient, écouter la variété des langues qu'ils parlaient en passant.

Une certaine fébrilité la gagna néanmoins quand l'heure du rendez-vous arriva. Puis lorsqu'elle passa. Plusieurs minutes s'écoulèrent. Sourcils froncés, elle fouilla encore la foule de son regard aiguisé. Enfin, elle repéra un grand homme en blanc.

Il se découpait aussi nettement du reste des passants qu'un ange descendu des cieux. Lorsqu'il marchait, les gens s'écartaient spontanément pour lui céder le passage. Sans qu'il ait besoin de les en prier ou de jouer des coudes pour se frayer son chemin. Comme par la grâce d'une autorité innée.

Et il était... éblouissant – ce fut le premier adjectif qui lui vint à l'esprit, tant Alex était subjuguée. On aurait dit un antique gladiateur : il avait l'air fier et impérial, et son élégance s'accordait parfaitement à son évidente force physique. Comme une armure, son costume trois-pièces immaculé ne dissimulait rien de sa carrure athlétique et, sous ses cheveux noirs et lisses, dans un visage aussi sculptural que ceux des plus célèbres bronzes athéniens, elle aperçut son regard. Un regard qui l'aspirait.

Aucun doute possible : il se dirigeait droit sur elle et c'était avec lui qu'elle avait rendez-vous.

Alex se contraignit à conserver une posture décontractée, exercice qui se révéla de plus en plus difficile à mesure que le client approchait. Dans le coin qu'elle s'était ménagé, elle se surprit à lever la tête vers la silhouette qui bloquait la lumière du soleil. Un homme qu'elle identifiait sans difficulté, même si le messager s'était gardé de divulguer son nom. Tout le pays savait qui il était.

Lysias Balaskas. Milliardaire. Autodidacte prétendument

issu de la rue, et grâce à qui prospérait la fable qui dit que tout est possible, même pour celui qui n'a rien. À en croire la rumeur, il avait un jour pris un travail dans un commerce non loin de la station de métro où il vivait. Puis il avait posé ses mains de génie sur tout ce qu'il était possible d'acheter et de vendre avec profit, se propulsant tout en haut de l'échelle. Depuis, il flottait sur les cimes de son Olympe : il possédait à peu près tout, inventait chaque jour de quoi étendre son empire et, pour ne rien gâcher, ressemblait à un dieu hollywoodien. « Parti de rêve » convoité par les femmes les plus influentes du monde, il avait la réputation d'être aussi brillant que déterminé.

Malgré son jeune âge, Alex s'était forgé une solide expérience du monde, de la nature humaine. Elle savait que le succès, à plus forte raison au niveau phénoménal où le portait Lysias, requérait certes un talent fou, mais aussi beaucoup de chance.

La chance : ce qui lui manquait si cruellement.

— Alex, je présume ?

Lentement, elle déglutit. L'homme la détaillait de la tête aux pieds, d'un regard si perçant qu'elle avait envie de disparaître à l'intérieur de ses vêtements trop amples.

Une chaleur pénible la gagnait inexplicablement, et elle sentit une sorte de décharge électrique la traverser lorsqu'elle se décida à lever la tête.

Il lui fut alors impossible d'échapper à ses yeux d'un marron clair et lumineux, aussi mordoré que du miel liquide. Elle en sentait presque le goût sur…

La stupidité soudaine de ses pensées et la célébrité de cet homme lui donnaient envie de fuir à toutes jambes et, pourtant, elle resta comme pétrifiée. Clouée sur place.

Au prix d'un effort surhumain, elle parvint à retrouver sa voix pour confirmer :

— Oui. C'est moi.

Il avait la peau fine et des traits marqués : pommettes saillantes, nez droit, arcades sourcilières ombrageuses, mâchoire virile... et une bouche épaisse, ourlée, d'une sensualité insolente. Lorsque cette bouche s'étira en sourire amusé, Alex se demanda, perplexe ce que la situation avait de comique.

— Excellent, répondit-il.

Pour Lysias Balaskas, qui décryptait la psychologie de quiconque au premier coup d'œil, éprouver de l'incertitude relevait de l'inédit. Pourtant, le dénommé Alex le désarçonnait. Il n'avait entendu que des louanges à propos de ce garçon et de ses capacités à obtenir les informations les mieux gardées... mais quelque chose, dans son regard, incitait Lysias à se tenir encore *davantage* sur ses gardes.

Car sur ses gardes, il l'était toujours. Comme tout homme engagé dans une entreprise de revanche, il demeurait sans cesse à l'affût : où et quand il était observé, ce que les gens disaient et pensaient de lui. Nuit et jour, sans relâche, il guettait. Contrairement à la plupart des badauds qui arpentaient la rue en cet instant, il n'avait qu'un but et un seul, dans la vie. Rien ni personne ne saurait l'en distraire.

— Et si nous allions nous promener, jeune homme ? suggéra-t-il en l'invitant à prendre le trottoir d'en face, un peu moins encombré de monde.

Il était conscient de l'effet qu'il produisait. Moins à cause de son physique agréable que par sa fortune et son pouvoir, il avait l'art de couper le souffle à ses interlocuteurs, du moins lors d'une première rencontre. C'était quasiment systématique et il en avait pris son parti : en sa présence, les gens commençaient par perdre leur langue.

Mais de la part du petit génie qui avait su soutirer leurs secrets aux pires racailles de la pègre athénienne, il ne s'attendait pas à cette réaction.

— Vous avez un boulot pour moi, reprit Alex en balayant la foule d'un regard calme et précis.

Lysias se sentit un peu rassuré par ce professionnalisme... et par ce pragmatisme : le garçon avait dû le reconnaître, il tenait donc à gagner une jolie somme en menant la mission à bien.

Il convenait d'aller droit au but. Lysias hocha la tête et expliqua :

— J'aimerais que vous vous penchiez sur une vieille rumeur.

Concentré sur les visages parmi la foule, il ne regardait pas son compagnon. Pour autant, il ne perdait pas une miette du comportement du jeune espion : le rythme de ses mouvements, sa démarche légère, la parfaite neutralité de sa tenue... Lysias enregistrait tout.

— Une rumeur qui implique le royaume de Kalyva, ajouta-t-il en lorgnant discrètement vers Alex.

Aucun rictus d'étonnement ne passa cependant sur son visage. Il se contenta de hausser les épaules.

— Désolé, je ne connais pas cet endroit.

— C'est une petite île. Vraiment minuscule. Mais elle a acquis son indépendance. C'est un royaume. Le souverain actuel s'appelle Diamandis.

Un roi que Lysias aurait volontiers étranglé de ses propres mains, mais puisque c'était impossible il était prêt à donner une autre forme à sa revanche. Afin que le règne de Diamandis soit purement et simplement démoli – et que justice soit rendue.

— Et alors ? Le royaume vous intéresse ? s'enquit Alex.

— Ne vous occupez pas de cela, ce sont mes affaires. Les vôtres consisteront à découvrir tout ce que vous pourrez au sujet de l'assassinat de la princesse Zandra Agonas commis sur l'île il y a vingt ans.

Alex fit claquer sa langue et demanda d'un ton soupçonneux :

— Vous voulez que j'aille déterrer des renseignements au sujet d'un crime vieux de vingt ans dans un royaume dont je ne sais rien ?

Il se tourna vers lui, et leurs regards se croisèrent.

— C'est un peu tiré par les cheveux, non ? ajouta-t-il.

Lysias secoua lentement la tête.

— Non. La famille royale tout entière a été exécutée lors d'un coup d'État. Seul le souverain actuel a échappé au massacre. Enfin, officiellement. La rumeur prétend cependant qu'un corps n'aurait jamais été retrouvé : celui de la princesse Zandra. J'ai besoin de certitudes absolues à cet égard. Vous allez vous débrouiller pour approcher le roi Diamandis de sorte à lui soutirer la vérité. Du moins, ce que lui considère comme la vérité. Naturellement, en plus de la rétribution que vous a promise mon messager, tous vos frais de mission seront pris en charge.

Lorsque le garçon se retourna vers lui, visiblement impressionné par les dépenses qu'il était prêt à engager, Lysias vit ses épaules s'affaisser. Il sentit alors revenir en lui la même incertitude qu'au premier instant.

Le talent de ce jeune homme lui avait été tellement vanté qu'il était difficile d'en douter. D'autant plus que Lysias savait lire l'intelligence sur un visage et qu'il avait été lui-même dans les rues, autrefois – impossible, dans la situation de cet Alex, de passer à côté d'une occasion pareille.

De toute façon, il y avait vingt ans qu'il rongeait son frein et mettait au point sa vengeance. Que la mission d'Alex soit un succès ou pas, rien ne l'empêcherait de poursuivre son objectif et de faire tomber Diamandis.

C'était à cause de lui que ses parents étaient morts, à cause de lui qu'il s'était retrouvé à la rue, à cause de lui qu'il avait été exilé de Kalyva, contraint de passer son adolescence sur les pavés.

Oui, le roi paierait. Pour tous ses crimes.

— L'un de mes hommes vous accompagnera dès ce soir pour faire le voyage jusqu'à Kalyva, enchaîna-t-il. Ensuite, il vous appartiendra de trouver ce que sait le roi. Vous rendrez vos rapports à Michalis qui me les communiquera. Personne ne doit pouvoir établir de connexion entre vous et moi, sur l'île. Croyez-moi si je vous dis que les conséquences en seraient aussi funestes pour vous que pour moi.

Le jeune homme ne dit rien et poursuivit sa marche à côté de lui. Une fois, il se retourna si vivement que Lysias se demanda ce qu'il redoutait : la police ? une taupe de la mafia ?

— Le voyage entraîne un supplément, lâcha Alex.

Lysias haussa les sourcils.

— Mon offre n'est pas assez généreuse ?

— Cela n'a rien à voir avec la rétribution. C'est une compensation. Un déplacement et un séjour à l'étranger ont un prix, insista Alex. Vous le savez. De plus, je sais ce que vous pesez financièrement.

— Disons plutôt que vous en avez une vague idée, fit-il d'un ton amusé. Personne ne se le représente avec exactitude. En fait, le chiffre dépasse l'entendement.

Loin de partager ce trait d'humour, le garçon fronça les sourcils.

— J'aurai besoin de recevoir un premier versement avant mon départ, poursuivit-il. Un quart de la somme convenue.

— Pour vous enfuir avec ?

— Appelez plutôt cela une assurance, répliqua-t-il avec aplomb.

Ils marchaient toujours côte à côte, au même rythme, mais Alex précéda le mouvement de Lysias : alors qu'il allait lui attraper le bras, il se déroba d'un bond aussi vif que celui d'un cabri.

Agacé par sa célérité, Lysias lui barra le chemin et lui saisit le poignet.

— Écoute-moi bien, mon garçon, dit-il, menaçant. Si tu t'enfuis avec mon argent, je te garantis que je te retrouverai, même si je dois de traquer jusqu'à l'autre bout de la planète. *Personne* ne me roule dans la farine. Jamais ! C'est clair ?

Les yeux sauvages et écarquillés le fixèrent. Le gamin était frêle, délicat. Il était même étonnant qu'avec une physionomie si fragile il ait réussi à survivre dans les rues d'Athènes.

Soudain, d'un geste farouche, Alex s'arracha à son emprise, et Lysias fronça les sourcils. Décidément, il y avait quelque chose d'étrange chez cet adolescent... Mais quoi ?

— Je veux une avance, répéta Alex.

Il baissa les yeux sur sa montre et la désigna du menton.

— Ça : ça ira, décréta-t-il.

Sidéré, Lysias le dévisagea.

— Tu sais combien coûte une montre pareille ?

Visiblement amusé le garçon sourit et rétorqua, fanfaron :

— Oui, merci bien. J'en ai *une vague idée*.

Il n'aurait su dire pourquoi mais ce ton bravache et ce sens de l'ironie le rassurèrent. Sans un mot, Lysias défit sa montre et la tendit à Alex.

— Il serait facile de te retrouver si tu comptais me doubler, rappela-t-il.

— Très facile, admit le garçon sans broncher.

Il enfouit la montre dans sa poche et jeta une nouvelle fois un regard méfiant tout autour d'eux.

Puis, il s'enquit :

— Où et quand ?

— Minuit. Port de plaisance. Tu sauras trouver mon ponton, j'espère ?

— Évidemment.

— Je serai présent au côté de Michalis afin que tu sois certain de tes interlocuteurs. Puis vous partirez par bateau pour Kalyva. Michalis couvrira tous tes frais sur l'île et restera joignable en tant que contact. Si, après une semaine, tu n'as pas trouvé le type d'informations que je cherche, je réévaluerai ton contrat.

Alex fixa le bout de ses chaussures et parut réfléchir.

— Entendu, acquiesça-t-il d'un ton neutre.

Et sur ce simple mot, sans même une poignée de main, il disparut dans la foule.

Ahuri par ce départ, Lysias le chercha du regard. Les groupes de touristes n'étaient pourtant pas si compacts, mais avec sa souplesse et sa rapidité, le jeune homme s'était volatilisé comme sous l'effet d'une baguette magique. Enfin, de l'autre côté du pont, Lysias aperçut sa silhouette.

Eh bien ! Quelle fluidité ! S'il était capable du même genre de prodiges à Kalyva, la mission serait un succès !

Pourtant, un détail sonnait faux. Un élément indéfinissable que Lysias ne parvenait pas à isoler, ce qui l'inquiétait d'autant plus.

Aussi, écoutant son instinct, il suivit Alex.

2

Plusieurs raisons avaient poussé Alex à décamper en catastrophe. D'abord, la certitude d'être observée – non par le magnétique Lysias, enfin pas seulement. Il y avait quelqu'un dans la foule. Quelqu'un qui ne la quittait pas des yeux, et qui était là pour lui régler son compte.

Le doute n'était pas permis, car elle avait repéré cet homme à plusieurs reprises au cours de la journée. Elle ne croyait pas aux coïncidences.

Par ailleurs, la réaction que lui inspirait Lysias Balaskas se révélait, comment dire ? Problématique. Elle n'avait pas été fichue de soutenir son regard une seconde sans avoir les joues en feu et des papillons dans le ventre. Ces yeux, bon sang, ces yeux ! Et quand il lui parlait, elle était comme hypnotisée par les mouvements de sa bouche, si sensuelle, si attirante...

Non, rien ne l'avait préparée à résister aux effets que cet homme produisait sur elle. Elle avait eu pour clients des hommes puissants, des hommes charismatiques, des hommes richissimes, mais, à lui seul, il poussait toutes ces catégories à leur paroxysme !

Et elle en était terrifiée. Et pourtant... cela l'attirait. Il fallait donc qu'elle garde ses distances. Quitte à refuser la mission. Elle avait jusqu'à ce soir pour trancher. Et si elle décidait de passer son tour, elle ne se rendrait pas au port. Il faudrait juste qu'elle lui restitue sa montre, opération aisément réalisable sans contact direct.

Méfiante, Alex suivit un circuit complexe dans la ville, obliquant au dernier moment, changeant d'itinéraire comme de rythme.

Elle avait de l'avance sur son poursuivant, certes, mais son sixième sens ne la trompait jamais : quelque part dans la ville, l'homme qui avait été plusieurs fois dans son sillage aujourd'hui la cherchait et retrouverait vite sa trace.

Traversant une avenue très fréquentée, elle jeta un coup d'œil dans son angle mort et pressa l'allure.

Décidément, il était temps qu'elle se fasse un peu oublier à Athènes. Un déplacement pouvait avoir du bon... Oui, un petit séjour sur une île lointaine aurait des avantages ! Ceux qui lui collaient au train se chercheraient peut-être une nouvelle proie pendant qu'elle gagnerait une somme extravagante.

Si les royaumes insulaires et les princesses assassinées ne figuraient pas dans le décor habituel de ses enquêtes, le travail ne serait guère différent de celui qu'elle effectuait depuis des années à travers le recueil d'informations sensibles concernant des parrains de la pègre et des géants industriels peu scrupuleux.

Et si elle acceptait, finalement ?

Elle n'aurait pas à revoir Lysias après ce soir puisque le...

Le sang d'Alex se figea tandis qu'elle longeait une vitrine.

Le type était derrière elle. Elle venait d'apercevoir son reflet – petit, trapu, veste à carreaux : c'était l'homme qui la pourchassait depuis des heures.

Sans rien trahir de sa peur, elle continua à longer le même trottoir sur une cinquantaine de mètres avant de bifurquer au coin d'un immeuble pour piquer un sprint, faire le tour du pâté de maisons et poursuivre ainsi dans le sens inverse.

Le réflexe était bon, mais elle se retrouvait dans un ancien quartier résidentiel ouvrier, aujourd'hui déserté. Elle ralentit l'allure, traversa un immense square à l'abandon et, au bout de dix minutes... À nouveau, elle le sentit derrière elle.

Sans réfléchir, elle quitta l'esplanade pour se ruer dans une allée, entre deux longs blocs de béton sinistre. Erreur fatale, comprit-elle sur-le-champ : il s'agissait d'une impasse. La cour intérieure de ces immeubles n'offrait d'autre issue que la ruelle par laquelle elle venait de s'infiltrer...

Alex leva la tête vers les balcons du premier étage, prit son élan et sauta pour attraper un montant de la balustrade métallique. Il suffisait maintenant d'un bon mouvement de bascule pour hisser le reste de son corps. C'était quasiment réussi – l'opération se jouait à une fraction de seconde – quand elle sentit ses chevilles bloquées par deux étaux de chair.

L'homme était là, juste au-dessous d'elle, et il emprisonnait ses pieds pour la faire tomber... De toutes ses forces, elle se débattit, mais l'homme parvint à lui faire lâcher prise, et elle s'écroula sur le bitume.

Tel un chat, elle se positionna d'instinct pour tomber sur ses membres inférieurs sans le moindre heurt. Mais, profitant de son équilibre précaire, en un instant *il* fut sur elle.

Il la plaqua dos à terre, la chevauchant en pesant de tout son poids. Comme elle tentait une esquive en se tortillant avec force, il brandit son couteau sous ses yeux. Un cran d'arrêt à la lame longue et tranchante.

Alex s'immobilisa et déglutit lentement.

C'était fini. Sa courte vie parvenait à son terme. De toutes les façons de quitter ce monde, le petit homme trapu et fort qui lui présentait en ce moment sa face rougeaude et ses petits yeux noirs lui proposait la pire.

Elle n'avait jamais aimé les couteaux. Une arme à feu tuait tout net. Proprement. Un couteau provoquait des blessures effroyables et garantissait une mort lente, douloureuse.

Terrifiée, elle dévisagea son agresseur et aperçut une longue cicatrice qui courait de sa tempe droite jusqu'à sa mâchoire.

— Vous voulez me faire la même ? C'est ça ? demanda-t-elle.

Défigurée ! C'était le scénario le plus optimiste, si elle s'en sortait vivante.

L'homme ne répondit pas, il souleva sans ménagement son sweat-shirt à capuche et trancha d'un coup de lame le T-shirt qu'elle portait dessous. Écartant les lambeaux, il brandissait son arme quand la stupeur se peignit sur ses traits.

— Mais... Tu es une femme !

Bientôt, cependant, il se remit à sourire avec sadisme.

— J'aurais pu m'amuser un peu... Mais les ordres sont clairs. Tiens, voilà un cadeau de M. Pangali.

Alex serra les dents. Pangali était un gros industriel coupable de malversations et de pratiques criminelles qu'elle avait contribué à rendre publiques.

Un sale moment. Il fallait qu'elle se résigne à passer un très sale moment, et qu'elle serre les dents pour ne pas donner à cet ignoble type le plaisir de la voir paniquer et...

Il enfonça la lame et elle sentit le métal traverser le coton de sa brassière, puis s'enfoncer dans sa chair. La douleur fut immédiate. S'y ajouta aussitôt la chaleur liquide coulant sur son ventre : sensation poisseuse et si terrifiante que son instinct de survie se réveilla. Non ! Elle ne le laisserait pas continuer ! Avec l'énergie du désespoir, les pieds levés, elle le repoussa si violemment qu'il bascula en arrière et, comme elle se redressait, elle le vit tituber à une dizaine de mètres et trébucher.

Dans la même seconde, elle réalisa que ce n'était pas elle qui avait réussi à se débarrasser de son assaillant, ni à le propulser aussi loin.

Lysias se tenait entre eux.

Sidérée, elle le regarda fixement. Il venait de la sauver ! Pendant qu'elle reprenait ses esprits, son assaillant s'enfuit.

Le cœur battant à cent à l'heure, Alex pressa son T-shirt contre sa blessure. Le sang coulait-il toujours ? Elle en avait l'impression. La lame s'était-elle enfoncée profondément ? En tout cas, elle se sentait faible. Un léger brouillard nimbait son cerveau. Il fallait qu'elle rentre chez elle. Dans la boutique abandonnée qu'elle louait très légalement depuis trois ans, et qui était son chez-elle. Un lit propre, une kitchenette et une salle d'eau décente : c'était peu, mais cela lui convenait. C'était son refuge.

En se relevant, elle sentit le vertige s'accentuer, mais elle se tourna vers la petite allée pour quitter la scène et…

— Hé ! Une minute, mon garçon. Où crois-tu aller ? protesta Lysias. Reste, je vais t'aider.

Il y avait tant d'autorité et de raison dans sa voix qu'elle fut un instant tentée d'accepter sa main tendue, mais elle se ravisa.

— Montre-moi où tu es blessé, enchaîna Lysias en posant une main sur son épaule pour jeter un coup d'œil à son abdomen.

Comme elle faisait un bond en arrière, il lui saisit le poignet et insista :

— Mais arrête ! Je veux juste voir à quel type d'urgence nous avons aff…

Le reste de sa phrase mourut sur ses lèvres et, vaincue, elle le regarda écarquiller les yeux en signe d'incrédulité.

— Mais tu… Tu n'es pas un garçon !

Il plongea son regard dans le sien pour ajouter :

— Et tu n'es pas une jeune fille non plus… Vous êtes une femme !

Il s'était positionné en travers de l'étroite allée faisant office d'unique sortie.

Alex était coincée. Et découverte.

Il était rare que Lysias se retrouve en état de sidération mais, en l'occurrence, c'était réussi !

Oui, bien sûr, il avait flairé quelque chose de bizarre. Raison pour laquelle il avait filé le mystérieux Alex. Mais il ne s'attendait guère à apprendre que l'adolescent était en réalité une jeune femme !

Il la considéra avec attention. Elle aussi le fixait de ses grands yeux noirs. Des yeux en amande. Il remarqua, un peu tard, le dessin épuré de ses sourcils. En fait, elle avait un visage fin, une peau délicate. Mais la simplicité de son déguisement le rendait parfait ! Évidemment, dans une tenue aussi informe, impossible de s'apercevoir de la supercherie. Pourtant, elle n'avait pas une silhouette aussi androgyne qu'elle voulait le laisser croire.

En tout cas, il comprenait son choix. Elle jouait une excellente carte : survivre dans les rues d'Athènes relevait de la mission impossible pour une jeune femme. Alors qu'un adolescent habile et prudent pouvait éviter la plupart des pièges.

Tout en forçant son admiration, elle l'intriguait, mais sa curiosité attendrait.

— Venez, dit-il en l'entraînant dans l'allée.

— Où ça ? demanda-t-elle, méfiante.

— Dans un lieu où vous pourrez nettoyer tout ça.

— Je suis parfaitement capable de me débrouiller seule, rétorqua-t-elle avec fermeté.

— C'est tellement vrai que vous êtes ici, au milieu de nulle part, blessée et couverte de sang ! Permettez-moi d'ajouter que ce serait certainement pire si je n'avais pas été là. Vous me devez une fière chandelle, non ?

Il regretta ses paroles en la dévisageant. Elle était frêle, plutôt menue. La pâleur de son visage s'intensifiait, et elle venait d'être suffisamment brutalisée par un homme sans qu'il ajoute sa touche personnelle.

Il fallait la convaincre de voir un médecin.

— Venez, reprit-il d'un ton plus engageant. Ce serait risqué de rentrer chez vous à pied. Surtout dans cet état. Ma voiture est là-bas.

Ils parvenaient sur l'esplanade, et il désigna sa limousine. Le chauffeur, qui attendait dehors, fit le tour du véhicule pour ouvrir la portière arrière.

— Quand je pense qu'il est reparti tranquillement, lâcha-t-elle d'une voix sombre.

Lysias sortit son téléphone mobile de sa poche et consulta l'écran.

— Pas du tout, répondit-il. Mon garde du corps l'a appréhendé juste ici. Il l'a emmené au poste de police le plus proche.

— Sans victime, il ressortira les mains dans les poches, asséna-t-elle d'une voix dépourvue d'émotion.

Lysias comprenait sa réaction. L'expérience l'avait autrefois conduit à la même résignation douloureuse. La vie dans la rue était dure, si impitoyable que l'idée de justice s'étiolait vite, à force de toujours voir prospérer les brutes et les puissants tandis que les personnes plus vulnérables manquaient tellement de protection...

— Je vous le promets, dit-il avec sincérité. Je veillerai personnellement à ce qu'il paie pour ce qu'il a fait.

Dans le regard de la jeune femme, il lut alors un mélange d'incrédulité et d'espoir qui le troubla davantage qu'il ne l'aurait voulu.

— Allons, montez.

Dès que la voiture démarra, il ouvrit la mallette installée dans le vaste habitacle et en sortit le kit de secours. Il tendit la gaze à sa passagère et ordonna :

— Pressez cela contre la blessure, pour le moment. Et veillez à ne pas me coller du sang partout sur les sièges !

Sans mot dire, recroquevillée sur son siège, elle prit la gaze.

Lysias prit ensuite une bouteille de whisky et remplit un petit verre.

— Tenez, buvez ça.

— Non merci, répondit-elle.

Surpris, il haussa les épaules, regarda le verre, puis le but lui-même avant de passer quelques appels afin de prévenir son personnel de son arrivée imminente avec une visiteuse et de prier son médecin de venir sur-le-champ.

Après quoi, il reporta son attention sur la mystérieuse jeune femme qui gardait la main sur la poignée de la portière, comme si elle s'attendait à tout instant à une attaque de *sa* part. C'était insultant, jugea-t-il.

Mais elle avait perdu du sang, et elle devait se sentir très fragilisée, songea-t-il. Il avait à peine aperçu sa petite poitrine ronde dans une brassière de coton écarlate, et la blessure juste entre les seins – impossible d'en évaluer la gravité d'après ce coup d'œil fugitif.

— Vous ne me remerciez pas ? demanda-t-il avec vanité.

Elle maintenait la gaze pressée contre elle. Visiblement, elle avait mal.

— Comment vous appelez-vous ? En vrai ?

Elle lui retourna un regard indéchiffrable.

— Alex, dit-elle.

— Oui, mais c'est un nom de code ? Ou bien le diminutif d'Alexandra ?

Elle avait des cheveux châtains, mais impossible d'en dire davantage tant ils étaient serrés pour tenir en catogan. Et sa bouche était assez pulpeuse. Elle aurait pu être jolie, si elle n'avait pas investi tant d'efforts à gommer sa féminité... Mais peut-être avait-il mal compris ses intentions ? Sa curiosité l'emporta une nouvelle fois, et il interrogea :

— Alexandra, admit-elle de mauvaise grâce.

— Ah ! Et vous vous habillez de façon masculine parce que c'est votre identité de genre ? Ou alors, c'est une couverture qui facilite votre travail d'informatrice ?

— La vie dans la rue est nettement moins compliquée pour les hommes, répondit-elle.

— Moins, c'est vrai.

Car, s'il s'agissait d'un véritable enfer pour les femmes, cela n'avait rien d'une promenade en barque pour les garçons non plus. Il en avait fait l'amère expérience, le jour où il s'était fait exiler de Kalyva sans un sou en poche. Ses parents étaient morts et il avait douze ans. Le roi qui lui avait infligé ce traitement était à peine plus âgé que lui.

— Mais pas simple pour autant, ajouta-t-il.

— Nettement plus simple que pour les femmes, persista-t-elle.

Elle se tourna vers lui, le regard farouche.

— Quand vous me paierez, je pourrai vivre selon mes souhaits, dit-elle d'un ton hautain qui le stupéfia.

Un sourire amusé aux lèvres, il observa :

— Vous voulez dire que, *quand vous aurez exécuté la mission*, je vous paierai, oui… et vous vous sentirez libre de reprendre une vie de femme au grand jour ?

Elle hésita.

— Je ne vois vraiment pas ce que ça peut vous faire, mais oui. Tant que cela ne présentera pas de risques.

Elle jeta un coup d'œil à l'extérieur. Les enseignes les plus célèbres du luxe international s'affichaient au fronton des boutiques de Kolonáki, le quartier chic où Lysias avait sa propriété athénienne. Ultramoderne, la villa offrait une vue spectaculaire sur le mont Lycabette.

— Où est-ce que vous m'emmenez ? interrogea-t-elle en fronçant les sourcils.

— Chez moi. Mon médecin pourra vous soigner et, soyez sans crainte, il saura garder le silence. C'est son diagnostic qui déterminera la suite des événements, selon la gravité de votre état.

Lysias avait cependant déjà conçu son plan.

Sa vengeance était prête à être consommée. Et cette gamine des rues d'Athènes se révélerait très précieuse pour lui. Oui, il comptait faire d'elle son outil secret, la pierre angulaire de son projet.

D'un regard en biais, il étudia la jeune femme. Les yeux marron, les cheveux châtains, le teint clair : c'était un bon début. Une bouche peut-être trop charnue, un nez probablement pas assez pointu. Facile. Le maquillage accomplirait des merveilles. Il faudrait travailler à la rendre plus présentable, bien sûr, mais une fois qu'il la confierait à un coiffeur aux doigts d'or et à la meilleure couturière de sa connaissance…

— Je me sens bien, dit-elle alors que c'était faux. J'ai juste besoin d'un bandage. Ramenez-moi chez moi, s'il vous plaît. Je vous trouverai la princesse, ce n'est pas une petite blessure qui m'en empêchera.

Lysias haussa les sourcils.

— Vous avez un domicile ?

La jeune femme lui retourna un regard courroucé.

— Peut-être pas aussi luxueux que le vôtre mais oui. Bien sûr que j'ai un endroit où dormir.

Lysias détourna la tête pour qu'elle ne le voie pas sourire. Décidément, elle était la recrue idéale pour le premier rôle de son petit scénario ! Avec un tant soit peu d'entraînement, elle pourrait passer pour une altesse royale.

— Ah, c'est bien. Tant mieux. Toutefois, en ce qui concerne la mission, j'ai le regret de vous informer que mes projets ont changé, lança-t-il.

— Quoi ?

Elle paraissait plus que déçue : affolée. Même si elle s'efforçait de le lui cacher, Lysias sut lire l'expression de son visage soudain décomposé.

— Mais il n'y a aucune raison ! Je suis parfaitement capable de réussir ce contrat.

Plongeant son regard dans le sien, Lysias lui offrit son sourire le plus enthousiaste.

— Possible, mais voyez-vous, finalement, c'est votre jour de chance, *asteri mou* : vous allez devenir ma fiancée.

3

Alex resta immobile, calée au fond de son confortable siège en cuir. Elle avait mal entendu. Ou bien il parlait une langue étrangère dans laquelle le mot « fiancée » signifiait tout autre chose.

— Je dis « fiancée » parce que nous pourrons fort probablement éviter d'aller jusqu'au mariage, ajouta-t-il d'un ton qui se voulait rassurant.

Un ton désinvolte. Comme s'il était en train d'expédier les affaires courantes. S'était-elle blessée à la tête sans s'en rendre compte ?

— Et puis dans le pire des cas, si nous devions vraiment en passer par là, il va de soi que votre compensation serait généreuse. C'est votre objectif, au fond, n'est-ce pas ? Prendre un nouveau départ avec un capital digne d'un dépôt dans une banque suisse ?

Alex resta encore plongée une seconde dans un état de stupéfaction totale avant de répliquer :

— Mon objectif c'est de repartir avec de l'argent, oui. Avec un mari, non.

Fiancée ? Voire mariée ? Elle sentit sa température grimper de plusieurs degrés.

— Même pas avec un milliardaire ? s'enquit-il, une note taquine dans la voix.

Exaspérée par cette forme d'humour si caractéristique du mâle dominateur, elle le foudroya du regard.

— Surtout pas, non ! Les hommes d'argent et de pouvoir me dégoûtent. Ils ne pensent à rien d'autre, ils ne connaissent rien d'autre.

— Vous croyez ? susurra-t-il d'une voix suave. Ce ne sont pas ma fortune et mon pouvoir qui me servent de moteur, Alexandra. Et pourtant, voyez-vous, l'étendue de l'une comme de l'autre est infinie.

Elle frissonna. La façon dont il avait prononcé son prénom relevait du ronronnement. Le ronronnement troublant d'un grand fauve. Chaque syllabe l'avait caressée au creux de la nuque, faisant dresser ses petits cheveux. Or la sensation, électrisante, déclenchait une alarme dans sa conscience.

Elle revivait le même trouble que lors de leur premier tête-à-tête. Et il fallait qu'elle y mette fin ! Serrant discrètement les poings, elle releva le menton pour riposter sèchement :

— Vous seriez bien le premier. Et dans ce cas, puis-je savoir quel est votre moteur ?

— La vengeance, répliqua-t-il.

Sans hésitation, sans emphase, sans embarras non plus.

Désarçonnée par sa réponse, elle contempla ses yeux caramel, aussi ardents et carnassiers que ceux d'un tigre.

— On m'a causé un grand tort autrefois, ajouta-t-il. Et je ne vivrai pas en paix tant que je n'aurai pas obtenu justice.

Alex frémit. La motivation de cet homme importait peu. Comme la majorité de ses clients et de ses cibles, il était dangereux. Aussi, comme avec les autres, elle devait dissimuler sa peur.

— Je ne vois pas pourquoi j'aurais envie de participer à une vengeance, lâcha-t-elle.

Il ne répondit pas. La colère se lut sur ses traits, bientôt chassée par autre chose – l'espoir, peut-être.

— Permettez-moi de vous raconter un épisode de l'histoire du royaume de Kalyva, reprit-il d'une voix détendue.

Il la regardait sans chercher à l'impressionner. Avec naturel. Intriguée, elle acquiesça, l'invitant à enchaîner.

— Comme je vous l'ai dit, il s'agit d'une île minuscule qui a acquis son indépendance. La plupart des gens considèrent sa culture comme datée, vieux jeu, et c'est assez juste. Le roi et la reine en exercice dans mon enfance étaient des gens bien. Respectables, mais faibles. Aussi, quand l'insatisfaction a grondé et que les coutumes ancestrales ont été remises en cause par les jeunes générations, ils ont regardé ailleurs. Ils ont préféré la posture de l'autruche, au lieu de tenir compte des signes avant-coureurs, puis des murmures, enfin des risques sérieux de renversement. Le coup d'État a été sanglant. Il n'a pas seulement coûté la vie au roi et à la reine, mais à tous leurs enfants, sauf l'aîné. C'est uniquement parce que ce fils a survécu que le royaume n'est pas tombé.

Fascinée par ce récit qui aurait dû se dérouler à des siècles de là et non à l'époque récente, Alex attendait la suite.

— Le nouveau roi était encore très jeune, et pourtant il était assoiffé de vengeance. C'était compréhensible, certes, mais la haine l'a aveuglé. Il n'a pas voulu savoir qui était innocent, qui était coupable. Il voulait juste répondre au bain de sang par un bain de sang, le plus vite possible. C'est ainsi qu'il a condamné à mort mes parents. Puis il m'a infligé le titre infamant de traître national, parce que je n'aurais pas alerté les autorités des intentions criminelles de mes parents… C'était aberrant. Ils étaient innocents ! Moi aussi. J'ai néanmoins subi un exil forcé. On m'a envoyé à Athènes seul, sans un sou, sans valise, sans rien. J'avais douze ans.

Lysias était un homme massif, puissant, influent. Il n'inspirait pourtant pas la moindre crainte à Alex en cet instant. Elle tentait d'imaginer le désarroi et l'errance terrifiante d'un garçon de douze ans qui découvrait la rue après une enfance « normale », protégée de la misère... Elle, au moins, ne se rappelait pas le temps d'adaptation. Elle avait toujours été une « enfant perdue ».

Lysias, en revanche, s'était retrouvé livré à lui-même à l'aube de l'adolescence, et cela avait dû être effroyable.

Elle ferma les yeux. Impossible d'imaginer son visage à cet âge-là.

— Tu es une justicière, Alexandra, reprit-il. Tu cours des risques très sérieux, tu engages tous tes talents et ta détermination pour démasquer des criminels. Des hommes puissants et nocifs.

Elle ne répondit pas. Elle aurait aimé qu'il s'abstienne de la tutoyer et qu'il cesse de répéter son prénom toutes les cinq secondes. Ce faisant, il instaurait entre eux une intimité gênante. Une proximité qui la rendait... Plus accessible. Plus féminine, aussi.

— Tu accomplis toujours ce travail pour de l'argent, ajouta-t-il. Alors je ne te demande rien de différent de ce que tu fais d'habitude. Aide-moi à faire en sorte que justice soit faite, Alexandra. Tu ne le regretteras pas.

La limousine ralentit devant la grille de la propriété.

— Voilà, nous arrivons. Dès que le médecin t'aura remise sur pied, je t'exposerai mon plan.

— Et si je refuse de t'aider ?

Lysias considéra la jeune femme. Elle retrouvait si vite ses réflexes de défense qu'il était rassuré quant à la gravité de sa blessure.

— Tu feras exactement ce que je te dis de faire, répliqua-t-il avec flegme et autorité. Parce que tu y gagneras une rétribution si généreuse que tu seras libre d'imaginer ta vie selon tes désirs. La mission est sans danger pour toi et tu bénéficieras, de toute façon, de A à Z, d'une protection de tous les instants. Mais je n'accepterai pas de refus. Je viens de te sauver et je connais ton secret : c'est moi qui dicte les règles du jeu.

L'expression scandalisée et furieuse qui se peignit alors sur le visage de la jeune fille lui confirma qu'elle avait du cran. Son tempérament bouillant lui donnait de la couleur et révélait sa personnalité. Ainsi que sa beauté. Oui, elle pouvait être très séduisante – et se couler à la perfection dans son personnage.

— De ma vie, je n'ai jamais cédé au chantage, Lysias ! lâcha-t-elle, glaciale.

Bon sang ! Un vrai dragon, quand elle voulait... Comme il sentait un désir encombrant le gêner sous la ceinture, il se demanda comment il pouvait éprouver *ça* dans ces circonstances. Étrange. Et intéressant.

— Vous avez quel âge ? s'enquit-il tranquillement.

— Cela ne vous regarde pas !

— Moi, trente-deux. Mais vous le saviez sûrement. Allons, dites-le-moi...

Le visage tourné vers la vitre, elle haussa les épaules et lâcha d'un ton maussade :

— Vingt-quatre.

Impeccable, pensa-t-il. Décidément, la chance lui souriait ! La voiture s'arrêta devant la propriété. Sur le porche du superbe édifice en bois et en verre conçu par son architecte, le médecin les attendait.

Lysias lui fit signe d'escorter la jeune femme et les abandonna en tête à tête au rez-de-chaussée, dans sa bibliothèque, pendant qu'il passait quelques coups de téléphone. Son garde du corps lui confirma que l'agresseur d'Alex était toujours entendu par la police. Grâce aux trois avocats chevronnés que Lysias mettait sur le dossier, il n'était pas près de revoir la lumière du jour, et tout serait fait pour que le commanditaire de l'attaque soit définitivement mis hors d'état de nuire – de la façon la plus bruyante possible sur le plan médiatique.

Il pouvait maintenant se consacrer pleinement à la mise au point des détails de son scénario de vengeance, aussi se hâta-t-il de regagner son bureau, à l'étage.

Quelques heures plus tard, sa gouvernante vint frapper à la porte. Le dîner était servi.

— Parfait. Et notre invitée ? s'enquit-il.

— Elle est hors de danger. Fort heureusement, la blessure est superficielle, propre, et le médecin n'a eu à faire que deux points de suture. Il lui a donné des antalgiques, elle a pu se laver et se reposer, et elle est à table. Je lui ai proposé de lui porter de quoi dîner dans sa chambre mais elle a insisté pour prendre le repas avec vous.

— Excellent.

Il descendit dans l'immense salle à manger qu'il avait conçue afin d'y recevoir de temps à autre des diplomates ou des hommes d'affaires sensibles à un entretien hors du cadre professionnel.

Ce soir, la personne assise à la longue table en marbre était une jeune femme dont l'épaisse chevelure d'un châtain profond cascadait en boucles jusqu'au niveau des épaules. Son visage en paraissait encore plus fin, sa silhouette, plus menue, même dans l'épais peignoir blanc en éponge dans lequel elle s'était emmitouflée.

Elle n'avait plus grand-chose en commun avec le jeune Alex qu'il avait approché en début de journée.

Prenant un siège en face d'elle, il s'enquit poliment :

— Comment te sens-tu ?

Elle regardait les plats posés sur la table avec le plus vif intérêt.

— Bien. Ce médecin est un magicien. Je ne suis pas censée faire de sport, ni porter des choses lourdes pendant quelque temps, mais à part ça c'est réparé. J'ai des antidouleurs, et il m'a juré que la cicatrice serait invisible d'ici quelques mois.

— Quelles excellentes nouvelles... Je suis ravi que les dégâts soient si mineurs. Et surtout d'être intervenu à temps. Cela mérite un remerciement, non ?

Pour toute réponse, elle attrapa son couteau et sa fourchette et se jeta sur ses souvlaki et ses pommes de terre avec la grâce d'un porcelet affamé.

Lysias la regarda dévorer son plat bruyamment et songea que la première leçon devrait porter sur les bonnes manières à table.

— Combien de fois as-tu tenté de t'échapper depuis que tu es arrivée ici ? demanda-t-il à brûle-pourpoint.

Naturellement, les joues d'Alexandra flambèrent.

— Tu ne devrais pas hésiter à me le dire, suggéra-t-il. Parce que de toute façon, mon personnel me fera un rapport.

— Deux fois, reconnut-elle en baissant les yeux. Mais tu ne peux t'en prendre qu'à toi-même. Ton kidnapping ne me donne pas très envie de m'impliquer dans ton projet de vengeance. Je ne trouve pas très motivant de m'en prendre au roi d'une petite île vingt ans après les faits, rétribution ou pas.

— Je t'ai sauvé la vie, objecta-t-il. Je t'ai confiée à l'un des meilleurs médecins de la ville. Tu es à l'abri, nourrie, pomponnée. Tu appelles ça un kidnapping ?

— C'est un kidnapping courtois, répliqua-t-elle avant d'attraper son verre d'eau et de le vider d'un trait, à grand renfort de bruits de gorge.

Lysias poussa un soupir.

— En matière de savoir-vivre, tu as des choses à apprendre.

Beaucoup de choses. En un temps record, car ils ne disposaient que de quelques jours.

Il y avait des années que Lysias songeait à retourner à Kalyva escorté d'une fausse princesse Zandra – cerise sur le gâteau de l'humiliation qu'il comptait infliger au roi Diamandis. Or il n'avait jamais pu trouver la femme idéale pour tenir ce rôle. Une femme n'ayant jamais existé sur les réseaux sociaux, n'ayant pas laissé une seule trace d'elle sur la Toile. Une femme qui aurait intérêt à se couler dans ce rôle, dont la discrétion serait irréprochable, qui aurait du sang-froid… Sans parler de quelques éléments de ressemblance physique indispensable : environ vingt-cinq ans, les yeux chocolat, les cheveux foncés. De sorte que, mis à part un test ADN, rien ne permette de contredire celle qui affirmerait être la princesse disparue.

Alex était un cadeau de sa bonne étoile, car elle cochait toutes les cases. Cette fois, il pouvait oser ce coup de poker. En attendant les résultats du test ADN, discréditant la candidate, le cirque médiatique aurait produit son effet.

Tout devenait possible, à condition qu'Alex accepte de coopérer.

— Mais ça en est un tout de même, reprit-elle avec véhémence.

— Un quoi ? demanda-t-il, ayant perdu le fil de leur conversation.

— Un kidnapping ! glapit-elle en lui lançant un regard accusateur.

Lysias leva les yeux au ciel.

— Je compatis à ton supplice, railla-t-il. Tu dégustes un repas concocté par un chef étoilé et tu vas pouvoir passer la nuit dans une chambre à toi, au calme et à l'abri, dans un lit propre et parfumé. L'horreur absolue.

— Ah non, pas question que je dorme ici cette nuit, protesta-t-elle.

— Bien sûr que si, tu vas rester. Tu sais très bien que pour toi le risque de kidnapping se trouve plutôt dehors, en ce moment. Et qu'il n'aurait rien de courtois.

— Je m'en sors seule depuis suffisamment de temps pour pouvoir relever le défi.

Il releva la tête et la considéra avec sévérité.

— Attention, Alexandra, parce que je ne vais pas te le répéter une troisième fois. Je t'ai rendu un sacré service et tu vas me renvoyer l'ascenseur en menant à bien une mission qui te sera très généreusement payée. Mais à partir de maintenant, je ne tolérerai plus de rébellion de ta part. Toute ma vie, j'ai attendu le moment de prendre enfin ma revanche sur un homme qui a détruit ce que j'avais de plus cher au monde. Alors crois-moi : personne, absolument personne ne m'empêchera d'atteindre mon but.

Un courant d'air glacé passa dans le dos d'Alex, comme elle entendait Lysias prononcer cette sentence.

Elle n'avait pas peur de lui. Il était autoritaire, déterminé, mais elle ne redoutait pas de geste violent de sa part. Le médecin avait affirmé que Lysias était un homme au cœur d'or, et ici tout le personnel de maison semblait l'apprécier.

Et puis, à quoi bon s'entêter à refuser cette mission alors qu'elle pouvait en sortir libre de choisir sa nouvelle vie ?

Il n'avait pas tort au sujet de ce kidnapping : jamais elle n'avait porté un vêtement aussi doux et moelleux que ce peignoir, et elle venait de déguster le plat le plus succulent dont elle ait souvenir.

Lysias n'était pas un monstre, non… Cependant, il avait l'air enfermé dans son rêve de vengeance. Il ruminait ce projet en boucle. Rien d'autre n'existait et il se servait des êtres humains autour de lui comme de simples outils pour parvenir à ses fins. Il ne s'en cachait même pas ! Et ça, c'était effrayant.

Or Alex était assez intuitive, assez expérimentée pour préférer honorer ce contrat et partir une fortune en poche plutôt que d'entrer en conflit avec le milliardaire.

Elle avait beaucoup de mal à supporter son arrogance mais, puisqu'il avait besoin d'elle, il allait peut-être se montrer plus prévenant une fois l'action lancée. Cette souplesse de caractère ne lui ressemblant guère, elle songea que les antalgiques devaient lui embrouiller le cerveau.

Elle reprit une posture professionnelle.

— Bon. Je t'écoute, alors. Explique-moi ce que tu as prévu, dit-elle. Selon le scénario et la rétribution que tu proposes, je te dirai ce que j'accepte et à quels ajustements procéder, le cas échéant.

Sur ces mots, elle mordit dans une merveilleuse pomme de terre rissolée.

Son interlocuteur ne parut guère étonné par ce revirement.

— Eh bien, en premier lieu, nous assisterons à un gala à Athènes où je te présenterai comme ma fiancée aux invités et aux médias.

— Mais… Qui va croire ça ? répliqua-t-elle, éberluée.

— Tu ne seras plus en peignoir, railla-t-il. Tu seras coiffée, habillée, maquillée par des spécialistes du luxe.

— Je vois, marmonna-t-elle. Mais quel rapport entre cette histoire de fiancée et ton roi de Je-ne-sais-où ?

Lysias secoua lentement la tête, visiblement consterné.

— Kalyva. Il va falloir que tu études un peu l'histoire du royaume, tout en apprenant à te tenir à table de façon civilisée. Après le gala, nous irons séjourner sur mon île natale. Je profiterai d'avoir excité un peu l'attention médiatique pour annoncer que j'ai retrouvé la princesse Zandra, mystérieusement disparue lors du coup d'État. La presse va s'enflammer, d'autant plus que ce sera au moment du fameux bal de printemps donné par le roi, un temps fort du calendrier de Kalyva. Au lendemain de cette fête a lieu la réunion annuelle du Conseil royal, étape finale de mon plan.

Alex se sentait noyée sous ce flot d'informations.

— Je ne comprends pas, insista-t-elle. Je croyais que tu voulais savoir si le corps de la princesse avait bien été retrouvé, et si...

— C'est exact, coupa-t-il. Malgré mes efforts, je n'ai jamais réussi à obtenir la preuve de sa mort ou de sa simple disparition. C'est à toi qu'il appartiendra de déterminer si oui ou non Zandra est en vie quelque part. Grâce à l'hystérie générale que notre annonce va susciter, il te sera plus facile de mener l'enquête. D'autant plus que tu seras *elle*.

Alex n'était guère convaincue par la faisabilité de ce projet. On aurait dit le brouillon d'un mauvais feuilleton.

— La première chose qu'ils feront, ce sera de vérifier mon identité, lâcha-t-elle.

— Oui, naturellement. Mais il faut un certain temps pour établir la filiation de quelqu'un par son ADN... et je pourrai sans doute falsifier les résultats du labo afin que tu sois reconnue comme la princesse Zandra. Si le cabinet du roi fournit alors la preuve de l'existence d'un corps, je dirai que j'ai été trompé par une grande arnaqueuse. Toi, tu seras déjà loin, où il te plaira d'aller, débarrassée du déguisement de la princesse, avec ton petit trésor pour envisager une existence idyllique.

C'était grotesque, pensa-t-elle. Il fallait qu'il soit aveuglé par son obsession de se venger pour ne pas s'en rendre compte.

— Franchement, tu penses réussir à me faire passer pour une altesse royale ? Moi ?

Il sourit.

— Oui. Mon plan est parfait. Tu n'as pas besoin d'essayer de ressembler à quelqu'un que personne n'a vu depuis vingt ans. Elle avait les yeux et les cheveux bruns, comme toi. Je raconterai que tu souffres d'amnésie. Que tu as été sauvée du massacre d'une façon que nous ne connaîtrons jamais, puis recueillie par une famille de fermiers en Grèce métropolitaine. Tu n'as pas fait d'études après le lycée, tu ignores les us et coutumes des familles royales. C'est à la mort de tes parents adoptifs que le chagrin a provoqué un choc : les souvenirs de ta petite enfance sont remontés d'un coup.

— Quel script, fit-elle d'un ton sarcastique. Et qui va gober un truc pareil ?

Loin de paraître déstabilisé, il la défia du regard.

— Tout le monde. Parce que, sur l'île, tout le monde rêve de revoir la princesse. Parce que « plus c'est gros, plus ça passe ». Parce que tu donneras l'illusion parfaite : tu es la candidate idéale pour le rôle et tu peux redevenir « Alex » en un clin d'œil pour te fondre dans la masse.

C'était vraiment tiré par les cheveux. Alex resta un moment pensive. Elle risquait fort d'être démasquée mais, en effet, dans ce cas il lui serait facile de s'évaporer dans la nature. Encore faudrait-il qu'elle ne retombe pas sur les hommes de Pangali.

— Et mon agresseur ? Et tous ceux qui, comme lui, aimeraient me régler mon compte ?

Il la considéra avec gravité.

— Je m'en occupe. Tu es sous ma protection.

Le dernier mot fit couler en elle une chaude nappe de réconfort. Personne n'avait jamais veillé à la protéger. C'était nouveau et délicieux.

— Bon. Quand a lieu ton fameux gala ? Il faudra que je me prépare, tu t'en doutes, et j'aimerais savoir de combien de temps je disposerai.

Pour se transformer en fiancée de milliardaire crédible... Elle ne savait même pas par quel bout commencer ! Il faudrait apprendre des millions de choses, acquérir des réflexes neufs, se débarrasser d'un certain nombre de...

— Le gala a lieu vendredi, répondit-il tranquillement. Tu as trois jours.

Alex éclata de rire.

— Voyons, tu sais bien que c'est impossible. Tu plaisantes.

Il planta son regard serein dans le sien.

— Non. Je suis déterminé.

4

S'il garda ses distances durant les trois jours qui suivirent, c'était parce qu'il n'avait aucune expérience dans la métamorphose d'une fille des rues en princesse. Il préférait engager des gens dont c'était le métier – enfin, presque. Des magiciennes et des enchanteurs du luxe et de la beauté qui réaliseraient l'impossible, puisque tel était le désir de Lysias Balaskas.

Néanmoins, le soir du gala, comme il était en train de se préparer dans sa chambre, il ne put se défaire d'une certaine nervosité.

Non parce qu'il appréhendait de voir Alexandra. C'était l'excitation du retour à Kalyva qui le rendait fébrile. Car le lendemain, il annoncerait au roi Diamandis que la princesse était vivante – et qu'il s'apprêtait à l'épouser.

Le souverain responsable de la mort de ses parents et de son exil devrait affronter la perspective de devenir son beau-frère ! C'était jubilatoire. D'autant plus qu'il ne s'agissait là que d'une *partie* de sa vengeance.

Ayant noué son nœud papillon, il lissa sa veste de smoking d'un geste sec avant d'aller consulter sa gouvernante.

— Elle est prête ? demanda-t-il.

— Oui, Monsieur. Elle va descendre dans un instant, répondit Elena, une lueur espiègle dans les yeux.

Lysias la remercia et dut attendre de voir la jeune femme descendre l'escalier pour comprendre l'enthousiasme de son employée.

Une splendeur !

D'abord, sa démarche avait changé : elle se tenait bien droite et avançait d'un pas assuré. Sa gestuelle avait également gagné en confiance, son port de tête était impérial.

La coiffure masculine d'Alex avait fait place à un ravissant chignon qui mettait en valeur la forme triangulaire de son visage – ses grands yeux chocolat, sa bouche exquise et délicatement peinte en rose.

Le bustier de sa longue robe de sirène était pourpre, et les découpes en éventail dissimulaient sa poitrine, interdisant à quiconque d'imaginer que la fiancée du milliardaire le plus en vue du pays s'était fait attaquer au couteau dans une zone sinistre quelques jours auparavant.

La soie moulait sa taille et ses hanches fines avant de s'évaser dans un mouvement élégant, juste au-dessus de ses escarpins à petits talons.

Sans voix, il la contempla, hypnotisé, tandis qu'elle le rejoignait au rez-de-chaussée. Bon sang, il avait vu juste : cette fille était une bombe. En la voyant ainsi, personne n'aurait pu mettre en doute le statut d'altesse royale auquel elle allait prétendre.

Le seul problème, c'était… Sa réaction. Un trouble d'une intensité inédite. L'émotion qui débordait son admiration, le désir qui montait en lui comme une sève inépuisable… Il n'aurait pas dû se montrer aussi sensible à l'apparence d'Alexandra.

Et pourtant, une seule pensée l'accaparait. Un rêve : la dévêtir.

Une lueur très particulière animait le regard de Lysias tandis qu'elle le rejoignait, et Alex en identifia tout de suite la nature.

Il la fixait tel un lion prêt à se jeter sur sa proie. Il la dévorait des yeux et elle en éprouvait une certaine fierté.

Car au cours des trois derniers jours, elle avait compris que quelque chose s'était modifié en elle. Sa vie était différente. Il n'était pas seulement question de la petite fortune qui changerait son destin dès que la mission serait derrière elle, mais d'une transformation déjà sensible. Parce qu'elle avait acquis une nouvelle identité. D'abord en tant que femme. En tant qu'Alexandra. Puis comme fiancée et princesse.

Elle retint son souffle en parvenant devant Lysias. Dans son luxueux smoking noir, il était plus séduisant encore que d'ordinaire. Une mèche rebelle tombait sur son grand front quand elle leva vers lui un regard interrogateur.

— Tu es parfaite, Alexandra, avoua-t-il d'une voix légèrement éraillée qu'elle ne lui avait pas encore entendue.

Comme si ce trouble était communicatif, elle sentit une boule se former dans son estomac. Une boule de feu, semblable à celle qui la contraignait à se retourner cent fois sur son merveilleux matelas, la nuit, pour trouver le sommeil. Les quelques jours passés dans cette villa, dans un luxe inimaginable, lui avaient permis de reprendre des forces… Mais pas de passer des nuits apaisées.

S'extirpant de sa rêverie, elle demanda doucement :

— Tu ne devrais pas m'appeler Zandra ?

Elle avait travaillé une nouvelle diction. Une façon de parler moins directe, plus déférente.

— Non, je ne pense pas que ce soit très vraisemblable, répondit-il. Et je ne peux pas courir le risque de me tromper en public. Nous dirons qu'Alexandra est le prénom que t'ont donné tes parents adoptifs.

Elle acquiesça. Son raisonnement se tenait.

— On y va ?

En le suivant à l'extérieur, elle ne put empêcher les effluves de son parfum de l'enivrer. Bon sang, comment était-il possible qu'elle se fasse si aisément distraire par une simple odeur de vétiver ?

Baissant la tête, elle s'efforça de rejoindre l'arrière de la limousine avec des gestes précis et gracieux, mais elle était convaincue d'échouer – la nécessité de remonter les pans de sa robe ne l'aidant guère. Une fois installée, elle regarda Lysias accomplir la même opération avec fluidité.

— Comment as-tu acquis une nouvelle gestuelle, si tu as passé toute ton enfance sur les trottoirs de...

— Je n'ai *pas* passé mon enfance dehors, coupa-t-il. J'ai grandi au palais royal de Kalyva et j'ai été exilé de mon pays à l'âge de douze ans.

— Mais...

— Mes parents travaillaient au service du roi et de la reine. Je parle des derniers souverains respectables de l'île : pas de la honte nationale qu'est leur fils aîné. Nous logions dans un appartement de fonction du palais. En tant que fils de membres du personnel, j'ai pu observer et apprendre beaucoup de choses. J'ai grandi parmi des adultes qui ne couraient jamais, qui n'élevaient pas la voix, et qui se montraient excessivement attachés au respect du savoir-vivre. Je n'ai donc guère de mérite à avoir assimilé les bonnes manières.

Chaque fois qu'il évoquait sa jeunesse, elle cherchait à se représenter son visage de petit garçon sans y parvenir. Il y avait comme un grand blanc dans cet espace de son imaginaire.

Ils restèrent silencieux durant le trajet de la limousine à

travers Athènes. Lorsque le véhicule s'arrêta devant le palace où était organisé le gala, Alex sentit la main de Lysias agripper la sienne, et une sorte de décharge d'électricité la traversa.

La gorge sèche, elle quitta le véhicule avec son « fiancé ». À peine se trouva-t-elle au bas des quelques marches du superbe établissement qu'elle vit les autres femmes, qui rivalisaient d'élégance dans leurs robes du soir. On aurait dit le tapis rouge d'une avant-première lors d'un prestigieux festival de cinéma, pensa-t-elle en se félicitant mentalement de son choix. La robe avait été savamment étudiée par son couturier pour sortir du lot, par la forme inversée du bustier et des fentes asymétriques, mais aussi pour être confortable. Alex portait des escarpins à l'échancrure sexy mais dont le talon se limitait à sept centimètres de hauteur – le maximum pour elle, lors des essais. En cet instant, elle éprouvait de la compassion pour les jeunes femmes autour d'elles qui avaient l'air juchées sur des échasses.

Tenant toujours sa main dans la sienne, Lysias gravit lentement les marches du perron. Dès qu'ils parvinrent dans le hall, il prit quelque chose dans sa poche. Un écrin.

— Bon sang, grommela-t-il, j'allais oublier. Tends-moi vite ta main gauche.

Médusée, elle obéit et le regarda glisser un solitaire à son annulaire. Le diamant était étincelant, très clinquant.

— Tu es ma fiancée, rappela-t-il. Il faut bien que tu portes une bague qui reflète haut et fort mon désir de t'épouser.

Elle avait l'impression de contempler la main de quelqu'un d'autre. Jamais elle n'avait porté de bijoux, et celui-ci, avec sa force symbolique, semblait… irréel.

À cet instant, des photographes passèrent à côté d'eux et les mitraillèrent. Dès qu'ils partirent en direction d'autres célébrités, elle soupira.

— Ce n'est pas mon élément… Est-ce qu'on peut prendre cinq minutes pour revenir sur les objectifs à atteindre ?

— C'est inutile, affirma-t-il. Ce soir, tu n'as rien d'autre à faire que sourire aux objectifs en restant près de moi. Je m'occupe du reste. Moins tu parleras, mieux cela vaudra.

— Je ne sais pas sourire comme une jolie poupée de décoration, protesta-t-elle. Ces derniers jours, j'ai appris à porter une robe et à me tenir droite, ce qui est déjà beaucoup !

Lysias parut amusé et suggéra :

— Eh bien, montre-moi de quel sourire tu te sens capable.

Elle leva la tête vers lui. À cause de sa coiffure insensée, elle ne pouvait pas passer la main dans ses cheveux comme elle en avait furieusement envie. Encore un réflexe contrarié. Et à cause des circonstances, elle ne devait pas pousser un soupir exaspéré. Elle s'efforça néanmoins de dominer sa frustration pour sourire « comme une princesse ».

Lysias haussa les sourcils.

— Non, ça, c'est une grimace. Allons, *asteri mou*, tu ne veux pas essayer de te détendre ? Tu te donnes trop de mal.

Sans doute, songea-t-elle, mais précisément, c'était parce qu'elle avait *du mal* à se couler dans ce rôle.

Il lui prit doucement la main, et elle ferma les yeux pour accueillir la vague de chaleur qui enveloppait sa poitrine. Enfin, après avoir pris plusieurs longues inspirations, elle rouvrit les yeux et sourit.

— Tu vois ? Tu es prête.

Sans lui laisser le temps de répliquer, il l'entraîna dans l'immense salle où, sous des lustres en cristal, parmi des serveurs armés de plateaux de coupes de champagne, tout le gratin d'Athènes semblait réuni.

Durant les heures qui suivirent, Alex suivit les instructions : elle s'exprima le moins possible, ne quitta pas son « fiancé » d'une semelle et afficha une expression rayonnante. À plusieurs reprises, comme elle reconnaissait les visages d'hommes puissants et corrompus qu'elle avait contribué à dénoncer, effarée, elle s'accrocha à la manche de Lysias comme un petit singe à sa mère. Que faisaient-ils là ? Comment osaient-ils venir parader au vu et au su de tout le monde ? Pourquoi leurs femmes étaient-elles encore à leurs bras ? Était-il possible qu'ils aient conservé leur fortune et leur pouvoir, alors qu'elle avait établi la preuve de leurs malversations, voire de leurs crimes ?

— Tu as l'air si pensive... Qu'est-ce qui se passe, Alexandra ? s'enquit son compagnon.

Prenant soin de ne pas les pointer du doigt, elle répondit à voix basse :

— Ces hommes, ici... Il y en a certains qui ont triché politiquement, qui se sont servi dans des caisses d'argent public, qui ont fabriqué de faux documents. J'ai trouvé les preuves de leurs malversations et ils sont là. Pas en prison, pas reclus chez eux et ostracisés. Non, ils sont en train de porter un toast à leur propre réussite, au cœur de la jet-set.

Lysias hocha gravement la tête.

— Je sais. Le pouvoir et l'influence effacent parfois les preuves les plus accablantes de ce qui ne devrait jamais être pardonné... Mais je te propose un marché : tu vas me donner leurs noms et je vais les faire tomber un par un.

Alex le dévisagea avec incrédulité.

— Hein ? Pourquoi ?

— Comment « pourquoi » ? Tu viens de me dire pourquoi !

— Mais... Tu ne connais pas encore l'identité de ces hommes. Comment réagiras-tu si tu trouves certains de tes amis sur ma liste ?

Pour sa stupeur, Lysias se mit à rire.

— Aucun de ces charmants messieurs ne peut être mon ami, parce que je n'ai *pas* d'amis !

De plus en plus décontenancée, elle s'enquit :

— Et pourquoi cela ?

— Parce que l'amitié finit toujours par la trahison, Alexandra. Si tu ne le sais pas encore, tu le découvriras à ton corps défendant. Allons, maintenant, viens. Les photographes ont jeté leur dévolu sur les danseurs, et je pense que nous ferions bien d'aller les rejoindre.

L'obsession de la vengeance. Le refus de voir en l'amitié autre chose que la garantie de la trahison. Décidément, cet homme voyait le monde en noir, et Alex sentit un frisson lui parcourir le dos tandis qu'elle le suivait sur la piste de danse en tâchant de se rappeler son unique leçon.

Au matin, elle avait passé deux petites heures à tenter d'intégrer les pas élémentaires de quelques danses modernes.

Heureusement, l'orchestre entamait une sorte de slow ne requérant guère de compétence de sa part. Gardant une distance raisonnable avec lui, elle posa les mains sur ses épaules et sentit les siennes enserrer sa taille.

Lorsqu'il se mit à tourner lentement, sa joue contre la sienne, elle se rappela que c'était pour les photographes. Hélas, son corps refusait d'intégrer l'aspect illusoire de la mise en scène. Son cœur battait à rythme redoublé et, contre ses tempes, son sang pulsait tellement vite qu'elle avait l'impression de l'entendre résonner tel un gong dans toute la salle.

— Avant la fin de la soirée, je choisirai une personne à qui révéler, l'air de rien, que ton vrai nom est Zandra Agonas. Une personne qui alertera aussitôt la presse. Le scoop les excitera comme des puces et, tu verras, des paparazzis se rendront aussitôt à Kalyva pour nous précéder.

Il lui sourit.

Ce sourire la désarmait. Il libérait en elle un désir d'une force dont elle ne se savait pas capable, et elle avait envie d'aller plus loin. Même si ce n'était qu'un jeu.

Pourquoi perdre son temps à le nier ? Elle avait envie de lui. Dès leur première rencontre, il lui avait transmis cette inexplicable ivresse. Comédie ou réalité, en sa présence elle était comme sous l'effet d'un alcool puissant dont elle refusait de se sevrer.

Et puis... quelle bonne raison avait-elle de se frustrer ? Sa vie de princesse et de fiancée serait réduite à quelques jours. Une fois partie à l'autre bout du monde pour réfléchir à ce qu'elle ferait de son compte en banque, elle affronterait à nouveau la vie avec sérieux, avec gravité.

Et si elle s'offrait du bon temps ? Si elle profitait du fait que, sous cette identité très romanesque, elle était – enfin ! – libre de s'amuser, en toute quiétude et à l'abri de toute menace ?

Les mains qu'elle avait posées sur ses épaules remontèrent sur la nuque de Lysias. Elle sentit sa peau ferme et douce sous ses cheveux, qu'elle fit lentement, langoureusement crisser entre ses doigts.

— Tu joues un jeu dangereux, *asteri mou*, gronda-t-il d'un ton rauque.

S'agissait-il d'une mise en garde ? Elle soutint son regard intense, sourit avec défi et murmura :

— La vie est un jeu dangereux, Lysias. J'avance mes pions. Et toi ?

5

Sidéré par l'audace de la jeune femme, Lysias ne pouvait se libérer du sort qu'elle semblait lui avoir jeté. Son charisme le dévastait. Ses lèvres pleines et généreuses l'hypnotisaient autant que son regard si sombre et si profond. Non, davantage, car... Incapable de résister, il céda au désir qui le tenaillait depuis des heures, se pencha et pressa sa bouche contre la sienne.

Tout en savourant le goût de champagne sur ses lèvres, il l'attira plus étroitement contre lui, serrant sa taille souple et svelte tout contre son bassin.

Il y avait de la fièvre dans leur baiser, une fièvre qui devint vite incontrôlable. Langoureuses, leurs langues s'enroulaient, et Lysias aimait se sentir happé par ce déluge de sensualité.

Il avait furieusement envie d'elle et, s'ils ne s'étaient pas trouvés sur cette maudite piste de danse, il aurait volontiers plaqué la jeune femme contre le mur afin de poursuivre son exploration. Il rêvait de connaître son corps nu et offert, de se perdre avec elle dans un plaisir charnel sans limites.

Bon sang, il allait tout faire rater, réalisa-t-il soudain.

À contrecœur, il lâcha sa bouche et murmura à son oreille :

— Va m'attendre dans la voiture. Je te rejoins dans deux minutes.

— Mais je...

— Tu veux jouer un jeu dangereux ? coupa-t-il. Eh bien, tu viens de gagner la coupe d'or. Attention, tu pourrais bien t'y brûler les doigts… Vas-y. J'arrive.

Dès qu'elle s'exécuta, il sentit sa colère s'apaiser. Sa silhouette de sirène pourpre, si élégante, si gracieuse, traversa la grande salle et s'évanouit de son champ de vision, laissant comme un sillage de magie derrière elle…

Lysias eut du mal à reprendre ses esprits. Quelle folie ! Il avait failli permettre à son désir de prendre le dessus. De lui faire oublier la *seule et unique* raison de sa présence ici ce soir, avec une femme qu'il payait à un tarif exorbitant pour assumer une mission bien précise.

Concentre-toi, exigea la voix de sa raison. *Ton plan. Ta vengeance. Mettre Diamandis à genoux.*

Enfin, il repéra l'organisatrice du gala et fonça sur elle au prétexte de la remercier.

D'un geste galant, il fit le baisemain à la ravissante dame d'une soixantaine d'années, connue pour soutenir de nombreuses causes humanitaires… *et* pour sa passion des familles royales.

— Vous me pardonnerez de vous saluer seul, mais ma fiancée n'a jamais fréquenté le grand monde. Les photographes l'ont effrayée, ce soir. Il faut qu'elle s'habitue.

— Bien sûr, je comprends. Je regrette seulement de ne pas avoir pu présenter de vive voix mes félicitations à votre charmante, euh, mademoiselle, euh…

— Zandra Agonas. Oups !

Il fit mine de se reprendre et d'avoir l'air affolé.

— Je voulais dire Alexandra. Ma fiancée s'appelle Alexandra et…

Au comble de l'excitation, son interlocutrice le fixa d'un regard enflammé pour l'interrompre :

— Qu'avez-vous dit ? Cette jeune femme serait donc la princesse Zandra ? Celle qu'on a crue morte parmi les...

— S'il vous plaît, oubliez mon lapsus. Ma fiancée ne tient pas à ce que l'on parle de son passé. C'est de l'histoire ancienne. Merci encore pour cette merveilleuse soirée, à bientôt.

Ravi du succès de sa manœuvre, Lysias quitta la salle d'un pas impérial et se hâta de rejoindre la limousine, devant laquelle patientait son chauffeur.

Il était désormais certain d'entendre la rumeur circuler avant même d'arriver sur l'île au bras de la « princesse retrouvée ».

Dès qu'il s'engouffra dans l'habitacle, il sentit le désir revenir en lui avec une ferveur décuplée. Pourquoi en était-il là ? D'accord, le baiser se justifiait. Sur la piste de danse, échangé par de jeunes fiancés, il crédibilisait le scénario. Mais ce qu'il avait en tête...

Il ferma les yeux un instant. S'il voulait être honnête, il était contraint d'admettre qu'il ne maîtrisait pas cette attraction. Alors, aller jusqu'au bout... Ce n'était peut-être pas si déraisonnable, se dit-il. Ils allaient passer une à deux semaines ensemble en tant que fiancés, alors pourquoi ne pas en profiter ? Alexandra savait ce qu'elle voulait, à savoir repartir avec assez d'argent pour prendre son envol dans le domaine qu'elle choisirait. Elle cherchait le contraire d'une relation stable : elle voulait la liberté. Alors pourquoi faire toute une histoire d'une simple relation physique ?

Il la voulait. Et il entendait également obtenir sa revanche. Après quoi, comblé, chacun repartirait de son côté.

La limousine s'élança dans la ville où l'éclairage féerique des monuments transperçait la nuit. Lorsqu'il se tourna vers elle, il fut une nouvelle fois émerveillé par la pureté de ses traits. Son visage était si harmonieux qu'on aurait dit l'œuvre d'un maître de la Renaissance.

— Juste histoire d'être parfaitement clair : je ne cherche pas réellement une épouse, déclara-t-il.

Le rire doux et grave qu'elle laissa échapper durcit davantage son érection.

— J'avais compris, Lysias, dit-elle en plongeant son regard sombre et brillant dans le sien.

Elle parut hésiter avant de poursuivre :

— Depuis trop longtemps, je n'écoute pas mes désirs parce que je pars du principe qu'ils sont au-dessus de mes moyens. Dans la rue, on ne se cache seulement des autres, on se cache à soi-même... Et aujourd'hui que je peux me le permettre, j'aimerais suivre mon envie, la satisfaire. C'est aussi simple que ça.

Que pouvait-il bien redouter de sa part ? Depuis leur baiser sur la piste de danse, elle était sûre de ce qu'elle voulait. Elle aurait pu jurer qu'il la désirait autant qu'elle le désirait, et pourtant... quelque chose le retenait. Crainte ? Scrupule ?

— Tu parles de tes désirs sans les nommer, Alexandra, répondit-il enfin. Je ne veux pas me méprendre : peux-tu me préciser ce que tu as en tête ?

Elle ne put se retenir de rire de plus belle. Sa prudence était tellement inattendue !

— Te méprendre, toi ? railla-t-elle. J'ai du mal à croire que cela t'arrive. Mais si tu tiens à me l'entendre dire sans ambiguïté, j'ai envie que tu m'embrasses encore, Lysias.

Dehors, la nuit était tiède. Les rues, désertes. La voiture filait, l'habitacle isolé du chauffeur par le volet de la cloison.

Alex sentit les battements de son cœur s'affoler et une lave liquide inonder ses veines lorsque Lysias s'approcha d'elle, le visage grave, rivant son regard magnétique au sien.

Hypnotisée, elle fixa sa bouche qui s'approchait inexorablement de la sienne. Sa fébrilité augmentait dangereusement. Jamais elle n'aurait cru possible d'éprouver des sensations aussi intenses que lorsqu'il l'avait attirée contre lui pour l'embrasser, dans la salle de réception. Ce moment avait été… magique – et trop bref.

Lorsqu'il fut tout près, à moins d'un centimètre, il s'arrêta pour murmurer d'une voix veloutée :

— C'est tout ce que tu veux ?

Dans une caresse semblable à une torture, il effleura ses lèvres des siennes. D'un mouvement léger, presque imperceptible. Alex s'approcha pour happer sa bouche, mais il se déroba et répéta :

— C'est tout ?

— Non. Je veux… Tes mains sur moi.

— Prends garde, répliqua-t-il. Je ne reçois de consignes de personne. En revanche, quand j'en ai reçu l'autorisation, je prends.

Sur ces mots, il l'embrassa si passionnément qu'elle se sentit fondre de désir. Enroulant sa langue autour de la sienne, elle se plaqua contre lui pour savourer la puissance de son large torse, caresser la base de sa nuque et accueillir son étreinte.

Le goût de ses lèvres l'enivrait, son parfum lui faisait tourner la tête et elle avait l'impression d'être la proie d'une myriade de sensations exotiques, sauvages. Des sensations qui lui donnaient l'audace de prendre l'initiative. Car elle avait envie de tout connaître de lui, comme de sentir ses mains viriles fouiller chaque centimètre carré de son corps.

D'un mouvement animal, Alex bascula sur lui pour l'embrasser plus fiévreusement encore, pour se blottir plus étroitement contre lui et sentir l'ardeur de son érection.

Lysias lâcha un grondement rauque et profita de son

changement de position pour relever les pans de sa robe et immiscer sa main entre ses cuisses en feu.

C'était si bon qu'Alex retint un cri. En elle, un brasier s'allumait, projetant des colonnes d'étincelles dans sa chair. La douceur de sa paume, la délicatesse et l'agilité de ses doigts courant sur cette zone si sensible de son anatomie… C'était divin, et elle renversa la tête en arrière.

Dès qu'il s'aventura sous le coton de son slip, elle s'abandonna, écartant les jambes pour l'inviter à la prendre. Elle était trempée et elle gémit lorsque son index vint fouiller son sexe et, très doucement, tracer un cercle autour de son clitoris. Les ondes qui fusaient en elle étaient indescriptibles, le plaisir, si fulgurant et imprévisible qu'elle en suffoquait.

Avec une patience et une langueur infernales, il la caressa longtemps, faisant jaillir du tréfonds d'elle-même une extase qui fracassa tout son corps en plusieurs orgasmes. « Lysias ! » eut-elle envie de crier sans s'y résoudre.

La tension érotique et les spasmes la secouèrent durant une longue minute, tandis que Lysias rabattait doucement sa robe sur ses jambes et qu'elle sentait son rythme cardiaque s'apaiser graduellement.

— M… Merci, balbutia-t-elle en se redressant, des étoiles plein les yeux.

C'était comme si son corps s'était réveillé après un long sommeil.

C'était étrange.

Lysias n'aurait su dire quand il avait été aussi troublé en regardant l'orgasme illuminer le visage d'une femme.

Aussi fasciné, ébloui, ému. La jeune femme répondait à ses caresses avec une intensité et une joie qu'elle ne cherchait pas à dissimuler. Il avait lu dans son regard embué chaque émotion qui la transportait, éprouvant lui-même un plaisir indescriptible à sentir palpiter l'antre brûlant de son sexe.

Lorsqu'elle avait atteint les cimes du plaisir, elle avait gémi et, sur sa bouche enflée et rouge, il avait vu se former les syllabes de son prénom. « Lysias », avait-elle lâché en silence.

Quelle divine surprise !

Impossible d'imaginer ne pas vivre cette aventure, désormais. Il voulait qu'elle devienne sa maîtresse le temps de leur mission.

— Ne me remercie pas, répondit-il au moment où la voiture s'arrêtait. Mais si tu en veux davantage, il faudra me le demander gentiment. Avec le mot magique.

Sa compagne lui retourna une expression sidérée. Elle observa un long silence avant de répéter :

— Te le demander gentiment ?

Sans répondre, il sortit du véhicule et alla lui-même lui ouvrir la portière.

Puis, après avoir souhaité une bonne nuit à son chauffeur, il entra dans la maison avec Alexandra, l'invita d'un geste galant à le précéder dans les couloirs et s'arrêta devant la porte de la chambre qu'elle occupait pour esquisser une révérence.

— Bonne nuit, princesse.

L'incrédulité se lisait toujours sur ses traits. Il vit briller une lueur de méfiance dans son regard.

— Tu ne veux tout de même pas que je te supplie ? s'enquit-elle.

— Bien sûr que non. J'ai juste dit « gentiment ». Et « avec le mot magique ».

Ce serait à elle d'exprimer la demande. Toujours. Jamais à lui.

Le silence retomba sur la villa.

Enfin elle leva vers lui une expression indéchiffrable.

— S'il te plaît, dit-elle.

— S'il te plaît quoi ?

Il avait besoin d'entendre ces mots-là.

— Prends-moi, Lysias. Et laisse-moi te prendre. Je veux tout de toi... *S'il te plaît.*

Alex ne pouvait plus respirer. Une boule chaude bloquait ses poumons. Depuis que les doigts de Lysias avaient libéré en elle un plaisir d'une nature insoupçonnée, elle en voulait encore. Il fallait qu'elle aille jusqu'au bout.

Sûre d'elle, elle se laissa conduire jusqu'à sa chambre, à l'étage au-dessus de la sienne.

En n'importe quelle autre circonstance, elle aurait été attentive au décor : meublée de façon minimaliste et luxueuse, la superbe suite de maître disposait d'un balcon donnant sur le mont Lycabette. Ce soir, pourtant, elle se fichait de la misère de la rue comme de l'opulence du gala et du confort de cette villa. Il lui avait été difficile de se protéger des hommes toutes ces années afin qu'un jour, ce soit *elle* et elle seule qui choisisse quand et avec qui. Le moment était venu, ainsi que l'homme qu'elle avait élu. Elle ignora le soupçon d'appréhension qui se glissait dans son élan éperdu.

Dès qu'il referma la porte derrière eux, elle s'approcha de lui et riva son regard au sien. Il y avait longtemps qu'elle le savait : lorsque l'occasion se présentait de prendre ce qu'elle désirait, il fallait la saisir tout de suite.

Ainsi, sans hésiter, elle se hissa sur la pointe des pieds, enroula ses bras autour de son cou et l'embrassa.

La caresse de son souffle était ensorcelante. Lentement, Lysias se pencha pour répondre à son invitation. Il happa ses lèvres avec une douceur aussi inattendue que vertigineuse.

À cet instant, Alex sentit tomber ses dernières défenses. Corps et âme, elle brûlait d'un désir incandescent.

Sans cesser d'enrouler sa langue autour de la sienne, d'un mouvement vif, il la colla dos à la porte. Le désir qu'il exprimait pour elle démultipliait le sien. Elle sentit dans son bas-ventre un bouillonnement explosif. Comme une véritable éruption volcanique. Sa poitrine se soulevait à un rythme soutenu, un jet de lave irriguait ses veines.

Son corps plaqué contre celui de Lysias s'imprégnait de sa musculature, de sa puissance, de la forme dure de son érection. Enfiévrée, elle répondait à l'ardeur de son baiser, mêlant sa salive à la sienne, savourant le goût de ses lèvres fermes et chaudes. Cet homme agissait sur elle comme une drogue.

Elle aimait la pression constante de ce corps viril contre ses hanches. Ses mains tremblantes coururent dans son dos, puis elle traça le contour de son membre dressé sous l'étoffe du pantalon.

Visiblement sidéré, Lysias s'écarta un instant pour la considérer d'un regard prédateur. Alex continua. Sous ses doigts, malgré les épaisseurs de vêtements, un organe chaud et puissant répondait à son appel. Elle ne voulait pas de pause. Elle voulait explorer son intimité… *leur* intimité.

Comme s'il avait lu dans ses pensées, il sourit et ôta sa veste. Médusée, elle s'écarta pour le regarder se défaire un à un de ses vêtements. Pantalon de smoking, cravate, chemise et boxer, dans un strip-tease confiant et assumé.

Elle déglutit avec peine lorsqu'il fut entièrement nu devant elle. Son corps avait l'harmonie et la force d'une statue d'Éros : il était grand, les épaules larges et bien rondes, ses pectoraux dessinés avec précision sous un ruban vertical de toison brune. Il lui fut difficile de ne pas braquer le regard au-dessous de son abdomen musclé. La puissance de son sexe en érection lui donnait envie de tendre la main, mais il vint se positionner derrière elle pour déposer une traînée de baisers brûlants le long de sa gorge. Puis elle sentit ses doigts fiévreux défaire les boutons de son corset, qui tomba sur le sol. Elle ne portait pas de soutien-gorge. La pointe de ses seins s'était dressée.

Dans le silence de la nuit, il s'immobilisa une seconde pour murmurer :

— Tu es si belle... Je ne veux pas risquer de te faire mal.

Alex mit un instant à comprendre de quoi il parlait : sa blessure.

— Aucun risque, dit-elle. Je n'ai plus mal.

Elle lui prit une main pour la guider vers sa poitrine et frémit dès qu'elle sentit ses paumes se refermer sur ses seins gonflés. Avec langueur, il dessina leurs contours de l'index, effleurant leurs pointes dures.

L'onde de plaisir qui la traversa quand il y posa ses lèvres fut si violente qu'elle laissa échapper un cri. Sans qu'elle s'en rende compte, il la fit basculer sur le matelas pour s'allonger sur elle et lécher, sucer, embrasser passionnément ses tétons. De plus en plus intenses, les vagues de sensations qui montaient en elle étaient exquises. Divines. Plongeant ses doigts dans les cheveux de Lysias, elle renversa la tête en arrière, chavirée par le plaisir.

6

Lysias n'avait jamais rien goûté de plus délicieux que la peau laiteuse et sucrée d'Alexandra. Ses petits seins, fermes et réactifs, étaient tellement adorables qu'ils en devenaient addictifs. Plus il les dévorait, plus son désir s'enflammait. Il ne se lassait pas de les palper, de se repaître de leur rondeur, d'agacer leurs pointes roses du bout de la langue. Offerte, Alex renversait la tête en arrière ; il profita de son abandon pour défaire le zip de sa robe. Le vêtement s'effondra sur le tapis dans un chuintement.

Suçant ses tétons avec plus de force, il écouta les gémissements qu'il suscitait et eut envie d'en entendre plus. De la regarder jouir, encore et encore. D'un geste sauvage, il arracha sa culotte et lui écarta les cuisses.

Haletante, elle se tortilla sur le matelas ; comme elle sombrait dans un abandon total, il lécha délicatement son sexe, lui arrachant des marmonnements et des exclamations. Elle était brûlante, trempée. Tandis qu'il aspirait son clitoris entre ses lèvres, il sentit le besoin d'Alex d'être entièrement possédée : elle se consumait de plaisir et se cambrait toujours davantage.

— Encore, Lysias. J'en veux plus...

N'avait-elle donc pas compris ? Il la prendrait quand il le déciderait.

— Demande-moi ce que tu veux.

— Toi... Toi tout entier, gémit-elle. En moi !

Dans un hoquet, elle ajouta :

— S'il te plaît !

— Rallonge-toi, ordonna-t-il.

Alex ne s'attendait pas à sentir de si puissantes lames de plaisir la ravager. La bouche diabolique de Lysias fouillait sa vulve, elle était en proie à des frissons merveilleux, et une force magnétique l'attirait au-delà d'elle-même...

Ces caresses sublimes et étourdissantes la mettaient paradoxalement au supplice. Elle en voulait davantage. Tout de suite.

Lorsqu'elle le vit se lever, ouvrir un tiroir et dérouler un préservatif sur sa verge, elle retint son souffle.

— Ne bouge pas, dit-il avec autorité.

Allongée sur le matelas, elle resta immobile. D'un geste viril, il la saisit par les hanches pour la plaquer contre son ventre et la pénétrer d'un puisant coup de reins.

La douleur à laquelle elle s'était préparée ne vint jamais. Dès qu'il s'insinua en elle, elle fut saisie par une violente onde de plaisir. Son corps se mit à vibrer, parcouru de spasmes, et les vagues qui montèrent en elle promettaient de la porter vers une extase entièrement nouvelle. Comme Lysias imprimait à leur étreinte un rythme soutenu, elle épousa ses mouvements furieux. C'était divin... Peu à peu, abandonnée à l'incroyable énergie de cette danse charnelle, elle se laissa emporter par le flux électrique de ses sensations.

Agrippée à lui, elle enroula férocement ses cuisses autour de ses reins pour donner elle-même l'élan à son orgasme – un feu d'artifice qui lui parut faire vibrer chaque atome de son sexe.

Il lâcha un gémissement rauque en l'accompagnant dans l'extase et, trempés de sueur, ils retombèrent l'un à côté de l'autre sur le matelas, à bout de souffle.

Le cœur d'Alex battait tellement fort qu'elle l'entendait résonner dans toute la chambre. Bon sang, elle ne s'attendait pas à quelque chose d'aussi dévastateur. Elle était heureuse d'avoir attendu – et d'avoir soigneusement choisi son premier amant.

Lorsqu'il se retourna vers elle, son visage était courroucé.

— Tu aurais pu me prévenir, lâcha-t-il en se levant.

Alex ne sentit cependant aucune nervosité la gagner à ces mots. Elle était si bien, si détendue, si comblée qu'elle ne comprenait pas ce qui pouvait le gêner.

— Te prévenir de quoi ? demanda-t-elle d'une voix paresseuse.

Le regard de Lysias se fit ombrageux.

— Que je suis le premier, maugréa-t-il. Que tu n'as pas eu d'amants avant moi !

— Mais pour quoi faire ? murmura-t-elle, indifférente à cette question.

Il lui retourna un regard sidéré.

— Voyons… Pour que… que je fasse plus attention, protesta-t-il en hésitant.

— Écoute, Lysias, je ne vois pas ce qui peut te contrarier. Je savais ce que je voulais. Je te l'ai demandé, et tu me l'as donné.

Il y avait eu quelques flirts à l'adolescence mais la vie qu'elle menait l'avait contrainte à observer la plus extrême prudence vis-à-vis des hommes. Sans doute avait-elle attendu plus longtemps que la plupart des filles de son âge, mais elle s'en fichait.

Elle se redressa sur le coude pour le dévisager avec malice.

— Si tu n'es pas content, je peux te laisser. C'est simple, si tu veux que je quitte ta chambre, tu n'as qu'à me le demander gentiment... Avec le mot magique.

Lysias ne répondit pas.

— Mais j'aimerais mieux recommencer dès que tu en auras envie... Tu ne vas pas m'obliger à te supplier, j'espère ?

Cette fois, son compagnon roula sur elle pour river son regard au sien, caresser son front et murmurer :

— N'oublie jamais qui établit la règle du jeu, Alexandra. Rien n'a plus d'importance à mes yeux que mon projet. Ma vengeance. Ce qui se passe dans une chambre à coucher entre toi et moi le temps de notre mise en scène finira avec ta mission.

L'excitante découverte du plaisir érotique était trop neuve et trop forte pour qu'elle permette à ces paroles de l'atteindre.

— Je sais, répondit-elle avant de l'embrasser voracement.

Lysias aurait dû renvoyer la jeune femme à l'étage du dessous, dans sa chambre, au moment où elle fermait les paupières... Mais dans la mesure où, dès le lendemain, ils seraient obligés de partager une chambre à Kalyva, il n'en vit pas la nécessité.

Pourtant, pas une fois dans sa vie il n'avait passé une nuit entière avec une femme. Se montrait-il trop sensible à la façon dont elle s'était offerte, en toute confiance, *alors qu'elle était vierge à vingt-quatre ans* ? Voire faible ? À cause des sensations inhabituelles qu'il avait éprouvées au cours de leurs étreintes ? Cette impression de bonheur et de justesse s'ajoutant à l'orgasme ? Lysias se méfiait des impressions et n'oubliait jamais ses priorités, même s'il devait admettre que la jeune femme exerçait sur lui une attirance particulière.

Le sommeil emporta ces questions. Un peu plus tard dans la nuit, Lysias vécut un phénomène des plus étranges.

Comme souvent, entre 3 et 4 heures du matin, il s'éveilla en sursaut, se propulsant lui-même hors d'un cauchemar dominé par les plus oppressantes angoisses de son adolescence.

Son cœur cognait avec effroi dans sa cage thoracique, il était glacé… et il se maudit d'avoir laissé Alexandra dormir dans son lit.

Il avait dû la réveiller, l'effrayer. En s'éveillant ainsi en sursaut, il venait de lui confier bien malgré lui un secret embarrassant.

Quand il se tourna vers elle, le temps que sa vue s'accommode à l'obscurité, il constata avec stupeur qu'elle avait en effet les yeux ouverts. Car elle se tenait dans la même position que lui : assise bien droite sur le matelas. Médusé, il regarda ses mains broyer le drap tandis qu'elle ouvrait la bouche pour prendre une grande goulée d'air. Ensuite, elle exhala tout doucement, comme quelqu'un qui effectue un exercice de décontraction en mode automatique.

Elle aussi.

Elle était en proie à des cauchemars récurrents.

Victime de terreurs nocturnes.

Il ne dit rien, mais il était profondément secoué par cette révélation. Ils avaient décidément beaucoup de choses en commun, elle et lui. Trop ? En tout cas, elle était parfaite pour interpréter le rôle de la princesse Zandra.

Sa vengeance. Mise à feu dès le lendemain. Rien n'était plus important.

La traversée de la mer Égée fut assez brève et, grâce au luxueux yacht sur lequel ils naviguaient, fluide, confortable.

Cela n'empêcha pas l'estomac d'Alex de se tordre d'un bout à l'autre du voyage.

— C'est incroyable, Alexandra, se moqua Lysias. Personne n'a plus le mal de mer, de nos jours !

— Tes statistiques auront donc besoin d'une mise à jour, répondit-elle en refoulant sa nausée. Et je ne vais pas m'excuser de ne pas être une fanatique des bateaux.

— Mais ça, c'est un *yacht*, répliqua-t-il en désignant le vaisseau d'un ample geste.

Elle haussa les épaules.

— Ils sont tous pareils pour moi.

— Rassure-toi, dit-il gentiment, nous arrivons.

Elle se tourna dans la direction qu'il lui indiquait. Le port de l'île était déjà visible, de même que sa côte. Derrière une longue plage, au sommet d'une colline, se dressait un édifice luxueux qui ne pouvait être que le palais royal.

Les yeux rivés dessus, elle le regarda grossir durant deux bonnes minutes. Être arrimée à la terre ferme par la fixité du regard n'arrangeait pas du tout son mal de mer, aussi se tourna-t-elle vers Lysias.

Ils n'avaient pas échangé un mot à propos du curieux événement de la nuit. Le fait qu'ils aient été victimes d'une terreur nocturne au même moment. Qu'il s'agisse, selon toute vraisemblance, d'un mal dont il était aussi familier qu'elle. Pourtant, en silence, tandis qu'ils retrouvaient peu à peu un souffle régulier, ils s'étaient blottis l'un contre l'autre. Alex s'était sentie en sécurité : un sommeil paisible et réparateur l'avait doucement aspirée.

C'était incroyable, ce sentiment de réconfort, la certitude d'avoir trouvé dans les bras de Lysias un refuge inviolable.

Quel contraste entre cette intimité de la nuit et la distance installée entre eux depuis leur départ…

Il fallait qu'elle sache.

Comme il venait se poster à côté d'elle, elle interrogea :

— De quoi est-ce que tu rêves, Lysias ?

Pourtant, elle se doutait qu'il ne répondrait pas. Et naturellement, il lui renvoya la question en miroir.

— Et toi, Alexandra ? Tu rêves de quoi ?

Elle n'avait pas envie d'éluder. Mais elle-même ne connaissait pas précisément la réponse à cette question.

— Je ne sais pas, avoua-t-elle. C'est toujours confus. Je suis quelque part où j'entends des cris. Des gens souffrent tout près. Une main me saisit, et les variations sont nombreuses à partir de là. Ça tourne autour de l'idée que je cherche désespérément une porte et la personne qui est là pour me sauver.

Le sujet était délicat. À son âge, faire des cauchemars d'enfant l'embarrassait, mais c'était différent avec Lysias qui partageait ce fléau.

C'était un lien entre eux. Un fil invisible.

— À ton tour, maintenant, dit-elle avec douceur.

Le regard perdu sur la mer, il prit son élan avant de raconter :

— Un mélange de souvenirs et d'histoires de monstres. Mais dès que j'aurai assouvi ma vengeance, je les écraserai. Exactement comme j'écraserai un ex-ami.

Le sens de ces paroles effraya Alex.

— Quoi ? Tu veux dire que le roi était *ton ami* ?

— Oui. Du moins, je croyais qu'il l'était. Au fond, quelle importance ? Aujourd'hui, nous sommes des ennemis. Et je l'ai appris, pour se débarrasser d'un ennemi, il suffit de le vaincre.

— Vraiment ? fit-elle, incrédule. Tu es convaincu de ce que tu dis ?

Il lui lança un coup d'œil redoutable.

— Absolument, trancha-t-il.

Un moment plus tard, comme l'équipage s'affairait pour l'amarrage du yacht, Lysias prit sa main dans la sienne. Les paparazzis, se rappela-t-elle.

Alors que son mal de mer commençait à s'éloigner, elle ne comprit pas quel nouveau malaise lui bloquait la gorge. Elle sentait des odeurs se mêler et lui chatouiller les narines : l'iode, les algues, le poisson des chalutiers de l'autre côté du port, et le parfum des arbres ou des fleurs de Kalyva.

Le tout formait une essence curieusement familière. Un parfum qu'elle aurait juré connaître.

Congédiant de son mieux cette impression déstabilisante et stupide, elle se concentra sur l'atmosphère. La ville semblait bruisser d'une agitation festive, joyeuse. Sous un soleil ardent, les parasols des terrasses abritaient des jeunes gens et des familles venus profiter d'un séjour insulaire et de quelques jours de *dolce vita*.

Alex n'éprouvait elle-même qu'une sourde et persistante angoisse. Un frisson glacé.

L'appréhension, se dit-elle. La perspective d'interpréter le rôle d'une sœur ressuscitée face à son frère véritable. Un frère qui la croyait ou la *savait* morte. Cela paraissait cruel. Mais la vie avait été impitoyable, pour Lysias comme pour elle, jusque dans leurs cauchemars.

Allons, c'était une mission somme toute assez divertissante, au terme de laquelle une nouvelle vie l'attendait ! Et Kalyva avait l'air d'un petit joyau. Alex n'était jamais sortie d'Athènes, et tant de gens parlaient des îles grecques qu'elle se réjouissait de poser enfin le pied sur l'un de ces petits paradis terrestres.

Comme prévu, elle débarquait avec sa panoplie de déguisements et d'accessoires. Sa couturière lui avait préparé une garde-robe phénoménale : des robes du soir, des tailleurs de luxe, des chemisiers en soie, des blazers bicolores et des petites robes noires, des escarpins, des mocassins... Ses cheveux étaient toujours aussi épais mais brillants et légers sur ses épaules. Elle avait bénéficié de soins du visage et de leçons de maquillage. Pour leur arrivée, elle portait une robe portefeuille marine sous un boléro blanc et des ballerines immaculées.

Lysias, toujours impeccable, avait l'air de sortir d'un film hollywoodien dans son costume gris clair.

Pourtant, malgré leur allure de couple star, un comité d'accueil peu engageant les attendait sur le quai. Des hommes en noir, armés et casqués, protégeant l'estrade sur laquelle se tenait un individu en luxueux uniforme rouge, blanc et or.

Une nouvelle fois, Alex frémit.

Lysias, qui n'avait pas lâché sa main, s'enquit :

— Quelque chose ne va pas ?

— Je... Je n'aime pas cet endroit, glissa-t-elle.

— Comment cela ? Je te l'assure, Kalyva est une île magnifique, Alexandra.

Elle hocha la tête et lâcha un léger soupir.

— Sans doute. Mais je ne saurais pas l'expliquer. Cela n'a rien à voir avec le décor lui-même. C'est une impression générale. Une intuition.

Elle ne se sentait pas en sécurité, ici. Elle n'était pas bien. Mais Lysias ne la lâchait pas : il restait à côté d'elle, et il la protégeait.

Aussi, elle ravala ce malaise. D'un pas aussi assuré que celui de son compagnon, elle franchit la passerelle avant de longer le quai en direction de l'estrade.

Le roi fronçait les sourcils.

— Ou bien tu es très courageux, ou bien tu es très naïf ! s'exclama le souverain d'un ton courroucé.

Lysias afficha un sourire ravi.

— Les deux, je suppose, railla-t-il. Parce que je sais que tu ne vas pas tomber à genoux pour me remercier. Pourtant, tu devrais : je te ramène ta sœur, rien que ça ! De rien, Votre Majesté.

Enfin, le moment était venu de toiser le roi Diamandis droit dans les yeux. Il n'avait pas tellement changé, considéra Lysias. Grand et athlétique, il le considérait d'un regard dur.

Quant à Alexandra, il la sentait tendue pour la première fois depuis qu'il avait fait sa connaissance. De toute évidence, elle n'était pas à son aise.

— La rumeur t'a précédé, Lysias, déclara le souverain. Tu viens semer le chaos avec tes mensonges, mais sois prévenu : ici, le peuple a déjà répondu à cette fable de mauvais goût. Ma sœur, la princesse, a hélas péri autrefois avec le reste de ma famille.

Lysias aussi se sentait... bizarre. Il ne s'attendait pas à éprouver une telle excitation à revenir sur sa terre natale. Or Kalyva était son pays. Chez lui. Et même s'il vivait à Athènes depuis qu'il en avait été exilé, au fond il était resté l'enfant de cette île.

L'accueil hostile organisé par Diamandis sur le port ne l'impressionnait guère. L'adolescent de quatorze ans qui avait fait tuer ses parents avant de le jeter à la rue était toujours devant lui, dans le corps de cet homme inflexible et méprisant. Il avait été son ami. Son meilleur ami. Presque un frère. Lysias s'était montré d'une loyauté parfaite vis-à-vis de lui – y compris cette nuit-là... Alors, depuis longtemps, il avait compris que cette amitié fonctionnait à sens unique. Diamandis, lui, n'avait pas été son ami. Jamais. Il l'avait considéré comme un serviteur, puis comme un fusible.

Le bain de sang avait été tellement effroyable... jusqu'à un certain point, Lysias aurait pu pardonner à Diamandis d'avoir perdu provisoirement la raison. Mais l'accusation de traîtrise contre ses parents et leur condamnation faisait de ce petit roi un vulgaire meurtrier. Un assassin pas plus estimable que les monstres qui avaient décimé sa famille.

Aussi, il sourit avec insolence pour répliquer :

— Eh bien c'est faux. Tu es en train de proférer un mensonge. J'en sais quelque chose : j'étais là.

Un silence glacial pesa sur l'assistance tandis que Diamandis foudroyait Lysias de ses yeux noirs.

— Vous allez venir tous les deux vous installer au palais, ordonna-t-il. Parce que nous discuterons de tout cela en privé.

— Je regrette, mais j'ai déjà ma réservation et il n'est pas question que je...

— Assez d'impertinence ! interrompit le roi. Vous suivrez mes consignes de votre plein gré, ou bien je vous ferai traîner jusqu'au palais par mes gardes ! Je compte sur votre coopération. Votre escorte est prête.

— Loin de nous l'idée de défier votre souhait, Votre Majesté, railla Lysias, tandis que le roi, tournant les talons, repartait vers son véhicule avec sa garde rapprochée.

À peine eut-il disparu qu'un homme en uniforme vint faire signe à Lysias de le suivre. Alexandra était restée muette à côté de lui, une main dans la sienne. Il l'entraîna vers la limousine qui les conduirait au palais.

— Tu es bien silencieuse, observa-t-il lorsqu'ils furent installés sur la banquette arrière du véhicule.

Le visage de la jeune femme exprimait une certaine gravité.

— Je te l'ai dit, je n'aime pas cet endroit. J'ai un mauvais pressentiment, or je me suis toujours fiée à mon instinct pour demeurer en sécurité. Ça me déstabilise encore plus de ne pas pouvoir le suivre.

Lysias se voulut rassurant.

— Il ne me paraît pas anormal que tu sois fébrile et mal à l'aise. Je t'ai fait le récit des atrocités qui ont eu lieu ici quand j'étais enfant, ce coup d'État hors norme par sa barbarie, et c'est un événement qui a changé le cours de l'histoire de l'île. Le roi, tu l'as vu, est un autocrate. Un tyran ! Ton sentiment est donc fondé. Pour autant, cela ne nous fera pas varier de notre plan d'un centimètre.

— Non, je le sais, souffla-t-elle.

Il sourit et poursuivit :

— Je vais encore faire un peu semblant d'être scandalisé par notre séjour contraint au palais royal, mais ce sera juste pour que Diamandis ne se doute de rien. En fait, la situation est idéale : tu auras toute la liberté souhaitée afin de mener ton enquête et de chercher la preuve de la disparition pure et simple de la princesse.

Elle hocha la tête et resta immobile. Un frisson électrisa la nuque de Lysias, comme il contemplait le profil de la jeune femme. Ce n'était pas la première fois que les traits d'Alexandra le troublaient. Il refusait d'y penser. Non, il ne chercherait pas à savoir comment, parfois, une idée absurde se frayait un chemin dans sa tête. Un excès d'imagination, voilà tout.

7

Alex s'efforçait sincèrement de surmonter sa gêne, mais le signal d'alarme se déclencha encore une bonne demi-douzaine de fois dans sa tête, tandis qu'ils étaient escortés jusqu'au bureau du roi dans les couloirs du palais.

Il s'agissait d'un très bel édifice, vieux de trois siècles, avec sa cour carrée, ses sols de marbre, ses escaliers à double révolution et ses tapis rouges. Un authentique château pour... de *vraies* princesses. Mais pas pour une fille des rues travestie en charmante altesse resurgie de l'au-delà, pensa-t-elle. Levant les yeux sur les tableaux qui ornaient la grande galerie qu'ils traversaient, elle s'aperçut qu'ils ne l'impressionnaient pas, malgré leurs dimensions et la signature de grands maîtres apposée dessus. Pourquoi cette indifférence ? Ou bien elle était blasée de tout, ou bien elle commençait à se couler dans son rôle, songea-t-elle en ravalant ses scrupules.

Au moment où les hautes portes d'une salle s'ouvrirent sur leur passage, Alex manqua de pousser un cri de surprise en se retrouvant nez à nez avec le roi.

On aurait dit qu'il avait soigneusement préparé cette scène afin de la déstabiliser.

Alex ouvrit grand les yeux et fixa le regard d'un brun

profond de Diamandis, sans éprouver le moindre embarras. C'était la curiosité qui dominait en elle.

Mais il pivota vite sur ses talons pour retourner s'asseoir à son bureau et leur ordonner de prendre place face à lui. Ce fut à peine si elle eut le temps de remarquer les superbes bibliothèques chargées de livres anciens, les boiseries dorées à l'or fin et les panneaux de velours rouge aux murs, les immenses portes-fenêtres donnant vue sur la mer.

En revanche, dès qu'elle s'assit, elle porta son attention sur les huiles de style classique sur les panneaux et la frise. Tableaux bucoliques, scènes de cour ou de victoires ; ces œuvres semblaient représenter des temps forts de l'histoire du royaume.

Puis elle contempla le visage sévère de Diamandis. La forme carrée de sa mâchoire qui contrastait avec la douceur de sa belle bouche ourlée et avec l'épaisseur de sa chevelure d'un châtain profond.

Lysias avait affirmé qu'Alex pourrait avoir l'air d'être un membre de la famille royale et elle était étonnée de constater que c'était vrai.

— Si vous vous entêtez à répandre cette *fake news*, prévint Diamandis, je n'aurai pas le choix : je devrai annoncer par communiqué que je demande un test ADN. Tu reculeras et tu seras la risée du monde entier.

— Non, puisque je dis vrai, répondit calmement Lysias. Mais je te remercie de le proposer, c'est une bonne idée.

Il se tourna vers elle et ajouta, tout sourires :

— Je t'avais bien dit qu'il se montrerait soupçonneux. Mais tu verras, quand il se résoudra à l'évidence, il va t'adorer.

Imperturbable, Diamandis écouta Lysias avant de froncer encore les sourcils.

— J'espère que tu te rends compte de la bienveillance

dont tu bénéficies de ma part, Lysias. Je n'ai pas à supporter ce cirque. Tu as été officiellement exilé, tu n'as donc pas le droit de remettre les pieds ici. Si tu étais revenu en suivant la procédure, jamais mon administration ne se serait opposée à ton installation. On t'aurait offert un nouveau passeport. Mais tu n'as même pas présenté une requête de visa ! Tu te crois décidément tout permis ? Sache-le, si tu es venu semer le désordre, je n'hésiterai pas à te faire jeter en prison.

— Connaissant ton sens de la justice, je n'en doute pas, répliqua Lysias d'un ton acide.

Puis, il la désigna d'un ample geste de la main.

— Regarde-la ! Tu ne vois donc pas à quel point la ressemblance est frappante ? Tu es donc incapable de reconnaître ta propre sœur ?

De façon délibérée, Diamandis s'abstint de quitter Lysias des yeux, et Alex se demanda si le roi évitait de la toiser. Mais comme les deux anciens amis poursuivaient leur échange d'amabilités, tels deux enfants reprenant un duel inachevé, elle cessa bientôt de suivre leur dialogue.

Leurs voix acerbes et accusatrices se fondirent dans un bruit d'arrière-plan, et Alex se leva pour se poster près de la fenêtre et admirer le bleu de la mer. Au loin, elle distinguait une plage de sable blanc, des baigneurs, des enfants qui jouaient, les habitants de la ville… Et une tempête faisait rage en elle.

Pourquoi cette vue n'avait-elle rien d'exotique pour elle ? Rien de nouveau ? Pourquoi éprouvait-elle, comme devant les grands tableaux de la galerie, une impression de déjà-vu ?

Dans le velours rouge d'un panneau, à côté de la fenêtre, une peinture ovale était incrustée. Il s'agissait d'un couronnement. Elle avait déjà vu cette image quelque part, probablement dans un guide touristique… Et elle en caressa la surface de ses doigts, avant d'arrêter son index sur un rond. Un bouton dissimulé qu'elle enfonça sans hésiter.

Le panneau cachait une porte qui s'ouvrit sur un escalier. Un passage secret.

Embarrassée, elle se retourna, craignant d'avoir commis un impair.

Comme Diamandis, Lysias était interdit et la regardait, les yeux arrondis, mutique.

Ce fut le roi qui rompit le silence le premier.

— Comment saviez-vous cela ? rugit-il.

Elle n'en avait pas la moindre idée, mais elle était une professionnelle du renseignement. Et les passages secrets accessibles par des portes dérobées n'étaient rien d'autre que l'ancien système de circulation des domestiques dans l'immense majorité des palais princiers européens... Néanmoins, Diamandis avait l'air furieux. Ou désarçonné ? Elle le trouva soudain pâle.

— Tu vois bien qu'elle a eu un flash. C'est sa mémoire qui lui revient, expliqua Lysias. Comme je l'ai dit à la presse, sa petite enfance a été effacée par le traumatisme et elle a construit ses souvenirs à partir de sa nouvelle vie, lorsqu'elle a été recueillie par ses parents adoptifs. Mais le retour ici fait sauter des verrous.

Alex le connaissait déjà suffisamment bien pour lire son trouble dans ses yeux, alors qu'il noyait son interlocuteur d'informations. Il se leva, vint vers elle, lui prit les mains et murmura :

— Tu es bouleversée, ma chérie. Il faut que tu te reposes. Viens, nous allons repartir en ville pour nous installer dans notre hô...

— Il n'en est pas question, glapit Diamandis. Tu vas l'emmener à l'étage. Sa chambre est prête.

— Comment, « sa » chambre ? protesta Lysias. C'est ma fiancée ! Il n'est pas question que je l'abandonne un instant, et si tu t'imagines que je vous permettrai de la tourmenter, toi et tes sbires, tu…

Diamandis frappa du poing sur son bureau.

— S'il s'agissait bel et bien de ma sœur, ce que je considère comme quasiment impossible, je ne manquerais pas de la protéger des manipulateurs de ton espèce !

— Je vous en prie ! intervint Alex. Ce combat de coqs ne mènera nulle part ! Chacun se croit blanc comme neige et dans son bon droit, aucun ne fera changer l'avis de l'autre. Revenons plutôt au cœur du sujet.

Lysias afficha un sourire forcé et lui prit la main pour y déposer un baiser de gentleman. C'était du théâtre, naturellement, mais Alex ne put réprimer un frisson de plaisir.

— En effet, *asteri mou*, susurra-t-il.

Puis il se tourna vers Diamandis pour ajouter :

— Votre Majesté, je ne m'attendais évidemment pas à ce que ma parole vous suffise, mais nous pouvons continuer ce débat de façon civile.

Un muscle se crispa dans la mâchoire du roi qui, néanmoins, acquiesça.

— C'est ce que nous ferons.

Lysias n'avait pas été exactement surpris qu'Alexandra trouve la porte dérobée dans le bureau du roi. Il se demandait, cependant, comment elle avait fait. Même une spécialiste de l'investigation ne pouvait connaître les petits secrets de ce vieux palais royal.

Il en conclut que les lieux exerçaient une influence étrange sur les visiteurs. Depuis qu'il était entré ici, il avait la gorge nouée par toutes sortes d'émotions. C'était contre-productif : il avait besoin de tout son sang-froid pour mener à bien sa vengeance. De plus, à cet égard, elle lui avait donné une bonne leçon, dans le bureau de Diamandis. Lorsqu'elle les avait sermonnés, il avait eu honte de son comportement puéril.

Tandis qu'ils suivaient l'homme chargé de les conduire à leurs quartiers, Lysias sentit l'angoisse le gagner. Ils venaient de monter plusieurs étages, et ils se trouvaient maintenant dans un escalier du quartier des domestiques.

Lorsque le garde ouvrit la porte de l'appartement qui leur était réservé, il sentit son corps se changer en pierre.

Non. Il avait osé aller jusque-là dans la cruauté ? Lui faire ça ?

— Qu'est-ce qui ne va pas ? s'enquit la jeune femme en levant vers lui un regard surpris. Tu es blanc comme un linge.

Il hocha lentement la tête.

— Parce que nous sommes… Nous sommes dans l'appartement de fonction de mes parents.

Cette révélation parut lui faire horreur.

— Quel coup bas ! souffla-t-elle avant de se retourner vers lui, les joues en feu.

Dans ses yeux d'ébène brillait la flamme d'une colère intense.

Elle poussa le garde, fusa hors du logement et s'engagea dans les couloirs.

— Alexandra ! cria-t-il en partant à sa poursuite.

Elle marchait vite mais sans courir, d'un pas martial, et comme elle ne se retournait pas, il reprit :

— Alex !

Elle ne l'écouta pas davantage, et il regarda les pans de sa robe claquer sur ses cuisses, évoquant le clapotis d'une queue de sirène en furie.

Avec un panache sidérant, elle ordonna aux gardes postés devant le bureau de Diamandis de s'écarter sur son passage, d'un geste impatient de la main, puis elle se propulsa vers sa table de travail.

— Si tu espères sincèrement que nous restions un peu ici, tu vas nous donner sur-le-champ un autre appartement, asséna-t-elle d'une voix vibrante de fureur.

Le roi la considéra attentivement. Lysias aussi, car sa beauté l'hypnotisait, quand elle perdait son calme.

— Si tu étais réellement la princesse disparue de Kalyva, tu saurais qu'on ne parle jamais ainsi à son souverain. Comment oses-tu tutoyer le roi de...

— Je me fiche que tu sois empereur ou chef suprême de l'univers ! poursuivit-elle du même ton.

Désignant Lysias derrière elle, elle ajouta :

— Oser l'envoyer dans l'appartement de ses parents, quand on sait comment il les a perdus ? C'est un geste impardonnable ! Dégoûtant !

Le visage du roi se décomposa un instant.

— Je me défends face à deux conspirateurs, riposta-t-il. Deux menteurs qui, en termes de cruauté gratuite, sont assez redoutables. Venir me faire croire que ma pauvre sœur serait en vie ! C'est un acte de charité que vous accomplissez, mademoiselle ?

— De mieux en mieux ! s'exclama-t-elle. Alors tu l'as fait exprès, dans la veine « œil pour œil, dent pour dent » ? Un vrai roi ne se comporte pas ainsi, et tu ne peux pas l'ignorer, Diamandis. Quant à moi, que cela te plaise ou non, que tu le croies ou non, je suis Zandra. Mais quand je vois ce que tu es devenu, je n'ai pas envie de faire partie de cette famille.

— La famille royale est morte, rappela-t-il sèchement.

— Tu es là, non ?

Diamandis se tourna vers lui.

— Tu devrais contrôler un peu mieux ta fiancée, Lysias.

Celui-ci croisa les bras sur son thorax en signe de refus.

— La « contrôler » ? Tu plaisantes. Regarde comme elle flamboie dans sa liberté pure et intègre !

Le roi se retourna vers la jeune femme et l'examina d'un œil attentif.

— Je ne verserai pas de larmes en faisant savoir que vous êtes des charlatans !

Puis il toisa Lysias d'un œil menaçant et poursuivit :

— Tout le monde saura qu'au lieu de te concentrer sur tes affaires, tu n'as pas pu t'empêcher de revenir ici dans le seul but d'y commettre une nouvelle traîtrise. Apparemment, les Balaskas ne savent rien faire d'autre.

La provocation était telle que Lysias dut serrer les poings pour ne pas se jeter sur Diamandis. Non sans effort, il se répéta que la patience paierait : son projet de vengeance était en cours de réalisation.

Comme si ce n'était pas assez, Diamandis profita de ce que la jeune femme s'éloignait pour s'approcher de lui. Il se pencha à son oreille.

— J'ignore ce que tu as fait à cette pauvre fille pour qu'elle se mette à croire que tu as autre chose qu'un roc à la place du cœur, Lysias. Je ne sais pas non plus comment tu l'as persuadée qu'elle appartenait à ma famille. Mais si tu ne veux pas que je vous fasse jeter dehors dès demain, je dois la voir seul.

Lysias le dévisagea avec mépris.

— Un fils de serviteur qui te ramène ta propre sœur ! C'est difficile à digérer, n'est-ce pas ?

Une lueur féroce brilla dans les yeux du roi.

— Ne fais pas semblant d'oublier l'essentiel. Tu es le fils de ceux qui ont trahi la confiance de mes parents et de leur propre pays. Les complices d'un massacre ignoble. Toi-même, tu es un traître.

— Ta paranoïa te perdra. Tu vois des traîtres partout : tu as dû oublier le sens véritable de ce mot. Consulte un dictionnaire.

— J'ai étudié avec les mêmes dictionnaires que toi, dans la même salle de classe que toi, rappela Diamandis en levant fièrement le menton.

Il tournait déjà les talons quand il se retourna pour conclure :

— Si tu ne me permets pas de la voir en tête à tête dès demain, je ne la verrai pas du tout. Vous irez attendre les résultats du test ADN à Athènes ou ailleurs.

Lysias savait que la présence d'Alexandra au royaume était décisive pour maintenir l'attention des médias. Quant à lui, il devait être là juste avant le vote du Conseil.

Même lorsque le garde les conduisit à une autre suite, il ne parvint pas à s'apaiser. Alex lui souriait. Elle songeait certainement à se mettre au lit avec lui, afin qu'ils partagent les mêmes plaisirs interdits que la nuit précédente...

Tant mieux. Lysias se sentait métamorphosé en fauve. Il allait bientôt précipiter son pire ennemi dans l'échec et l'humiliation.

Au préalable, il saurait tirer profit de chaque instant d'intimité avec sa tigresse.

8

— Je le hais ! s'écria Alex en faisant les cent pas dans la pièce.

Enfin, pour la première fois, dans l'appartement où Lysias avait grandi, elle avait été capable d'imaginer sa frimousse à douze ans.

Aussi net que sur une photo, le visage d'un garçon brun, en même temps joyeux et grave, s'était imprimé dans son esprit… Ainsi que celui de Diamandis. *Amis*. Ces deux-là avaient été les meilleurs amis du monde. Quelle torture cela avait dû être pour Lysias de perdre ses parents, puis de se voir chassé de chez lui sans rien, par quelqu'un qu'il considérait comme son ami !

— Et je hais cet endroit !

Impossible de se débarrasser de la petite boule de nerfs logée au creux de son estomac depuis qu'elle avait posé le pied sur cette île.

— Eh bien tant mieux, dit-il tranquillement. Tes sentiments contribueront au succès de ma vengeance.

Ce mot lui était pénible à entendre. La vengeance était un leurre. Toujours. Seule la justice pouvait faire progresser les gens.

Comme s'il avait lu ce reproche muet sur son visage, Lysias enchaîna aussitôt :

— Il y a des années que j'essaie de convaincre les collaborateurs du roi de rejoindre mon camp. Certains en ont été ravis dès l'instant où je les ai approchés. D'autres se décideront un jour. Ce matin encore, j'ai reçu la confirmation que le médecin du palais nous est acquis : il fera falsifier ton test ADN.

Alex hocha distraitement la tête.

Mais quand il se leva ; quand il fit quelques pas vers elle, de sa démarche de loup solitaire et affamé ; et quand il glissa un bras autour de sa taille pour l'attirer vers lui… d'un coup, elle sentit tomber son malaise, sa colère et ses scrupules.

Les lèvres chaudes de Lysias se posèrent sur les siennes en un baiser si passionné qu'elle se sentit fondre. Le brasier se ralluma en elle et, le cœur battant à un rythme effréné, elle se plaqua plus étroitement contre lui, prête à s'abandonner à une étreinte ardente.

Elle dormait en chien de fusil, les poings serrés contre son cœur. Un rayon de lune faisait scintiller le diamant de sa bague de fiançailles. Lysias contempla longtemps ce tableau.

La nouvelle chambre était confortable et élégante, avec son mobilier de style, sa tapisserie monochrome et la dentelle finement travaillée du linge de lit. Il voyait ces détails, bien sûr, mais ils ne revêtaient pas la moindre importance à ses yeux.

Lysias avait connu la rue jusqu'à dix-sept ans, il vivait dans le luxe depuis une dizaine d'années. Le dénuement et l'opulence. La fréquentation de ces extrêmes pouvait rendre fou, aussi avait-il pris la décision de rester indifférent aux décors, aux objets, aux signes extérieurs.

La douleur qui lui étreignait l'estomac l'empêchait de dormir. Mieux valait, du reste, qu'il ne ferme pas les yeux…

Sinon, dans l'état où il se trouvait, il était certain de faire un cauchemar.

Aussi, il restait immobile dans la pénombre, à admirer le visage d'Alexandra. Il écoutait le rythme léger et régulier de sa respiration.

Cette femme était en train de devenir un vrai problème. Elle était... parfaite. Elle n'avait jamais connu la passion physique, et pourtant ce qu'elle lui offrait depuis deux jours se révélait infiniment plus jouissif que la somme de toutes ses nuits avec des compagnes de quelques heures. Elle le changeait à tel point qu'il se retrouvait au beau milieu de la nuit à ne pouvoir détacher les yeux de son visage endormi.

Sa protectrice.

Jamais personne n'avait pris sa défense ainsi. En allant accabler un roi de reproches ! Car c'était ce qu'elle avait fait, sans hésiter, sans craindre les répercussions de son initiative. Lysias n'en revenait toujours pas, Elle était si merveilleuse que...

Comme quelque chose se déchirait en lui, il se durcit. Il allait falloir qu'il se montre plus prudent, pensa-t-il. Le séisme émotionnel causé par le retour à Kalyva était déjà bien assez difficile à contenir. Il ne pouvait pas se permettre d'être excessivement déstabilisé par une liaison, aussi exquise soit-elle.

La vengeance : rien d'autre ne comptait que de mettre son projet à exécution. Alexandra n'était qu'un outil. Rien de plus. Un outil idéal pour mettre Diamandis à genoux.

Son faux ami d'autrefois lui avait volé ce qu'il avait de plus précieux : ses parents et son pays, tous ses repères. Lysias allait lui rendre une famille qui n'existait pas en la personne de sa prétendue sœur. La déconvenue n'en serait que plus vive, et elle interviendrait juste après sa destitution. Car enfin, après une décennie de manœuvres et de pourparlers secrets, il avait réussi à convaincre un nombre suffisant de membres du Conseil de désavouer Diamandis. Le vote de confiance annuel, une simple formalité dans la Constitution du royaume, n'aurait pas lieu cette année. Une décision historique serait prise, celle de priver le roi de tout son pouvoir exécutif. Diamandis ne serait pas jeté à la rue, mais il ne vivrait plus au palais. Et sa sœur miraculeusement retrouvée ne serait pas là pour sécher ses larmes !

— La porte... La porte... Le tronc...

Bouleversé Lysias baissa les yeux sur la jeune femme qui se retournait dans son sommeil. Un cauchemar, comprit-il. Il avait l'impression d'avoir été projeté vingt ans en arrière... Après ce murmure, elle laissa échapper des larmes qui roulèrent sur l'oreiller.

— Et ici ? Je serai en sécurité ? hoqueta-t-elle, désespérée.

« La porte. » « Le tronc. » Il avait presque cru reconnaître une autre voix. Une voix fragile qui ne couvrait pas les cris et les coups de feu. La nuit sanglante, la nuit des meurtres...

— Chut... Tout va bien, *asteri mou*, murmura-t-il en caressant très doucement son front. Oui, tu es en sécurité. Avec moi.

À peine eut-il prononcé ces paroles que les pleurs cessèrent. Les sanglots de la jeune femme s'interrompirent, et elle parut s'apaiser. Elle ne s'était pas réveillée.

Et il s'aperçut qu'il la tenait tout contre lui, et qu'il caressait toujours son front.

Alex n'avait jamais connu ça. La satisfaction simple et évidente d'être auprès de quelqu'un. Le besoin profond d'être protégée. L'envie de se blottir contre *lui* la nuit. Désormais, elle comprenait ce que recouvrait le mot « tendresse ».

Comme elle s'éveillait dans son grand lit de princesse, au cœur du palais royal, elle s'aperçut qu'elle était seule, et elle s'étira avec volupté. Les tiraillements dans ses cuisses lui rappelaient comment Lysias lui faisait découvrir des plaisirs de plus en plus audacieux. De plus en plus intenses.

Il y avait plus que cela. Une connexion s'était établie entre eux à des niveaux inaccessibles aux autres humains. Comme s'ils s'aimantaient, comme s'ils étaient les deux faces d'une même médaille. Ce n'était pas seulement à cause de leur expérience commune de la rue, et ce n'était pas juste leur accord charnel si prometteur.

Comme il rentrait dans la pièce, douché, rasé et vêtu d'un élégant costume marine, elle haussa les sourcils.

— Il est tard ? Il fallait me réveiller...

Lysias sourit.

— Pourquoi ? Tu étais fatiguée, et ton premier rendez-vous n'aura lieu que dans trente minutes. Le roi exige de te voir seule. J'ai tout essayé pour l'en dissuader, mais il n'en démord pas. Cela n'a pas d'importance : tu connais ton rôle sur le bout des doigts et ton amnésie te tiendra lieu de joker s'il tente de te piéger.

Alex plongea son regard dans le sien.

— Lysias, dit-elle simplement.

Ainsi qu'elle le redoutait, elle vit apparaître un sourire au coin de ses lèvres. Sa vengeance. Il ne pensait à rien d'autre.

— Trente minutes, reprit-il. Tu devrais te dépêcher.

Après sa douche, Alex passa en revue l'incroyable collection de vêtements sélectionnés pour elle par la couturière de Lysias et choisit un pantalon noir et un blazer noir et blanc très chic.

Un pantalon, pour se sentir un peu plus « Alex ». Dans le miroir, elle vérifia le col de sa chemise en soie. Même sans maquillage, elle avait l'air d'une femme. C'était encore si nouveau qu'elle ne s'était pas familiarisée avec ses traits. Tout en appliquant un nuage de poudre sur les ailes de son nez, ainsi qu'on le lui avait appris, elle eut l'impression de ressembler un peu à Diamandis. Le même écartement des yeux par rapport à la naissance du nez. Les iris de la même teinte, mais cela n'avait rien d'original… Néanmoins, au lieu de leur tourner le dos en riant, le roi n'avait pas exclu d'emblée l'hypothèse qu'elle soit sa sœur. Ce qui laissait à penser que le corps n'avait pas été retrouvé.

Dès qu'elle s'engagea dans le couloir, un garde l'avisa.

— Attendez, s'il vous plaît, Mademoiselle. Sa Majesté vous prie de venir partager son petit déjeuner. Je vous conduis à la salle à manger royale.

— Fort bien. J'en serai ravie, merci, répondit-elle avec un naturel qui la surprit elle-même.

Lorsque le garde la laissa dans l'immense pièce de réception, avec ses lustres à pampilles de cristal sous un plafond de huit mètres de hauteur, Alex s'immobilisa.

Une table en acajou ovale, interminable, la défiait, et il lui fallut quelques secondes pour repérer le roi assis sous l'immense portrait en pied d'un autre roi.

— Bonjour, Votre Majesté, dit-elle en s'approchant pour le rejoindre.

Le couvert prévu pour une seule invitée était dressé à la gauche de Diamandis.

— Alors ? Qu'est-ce qu'il vous a promis ? s'enquit le souverain en la dévisageant d'un œil méfiant.

Alex soupira.

— Je vois. Distance glaciale et interrogatoire direct. Sans préambule. Très bien. Il ne me promet rien de moins que son engagement pour toute la vie.

L'air bêtement attendri, elle baissa les yeux sur sa main

avant de l'exhiber sous le nez du souverain. Le diamant se mit à briller de tous ses feux.

Pendant que Diamandis était censé mesurer l'amour de son fiancé en fonction de la taille du bijou, Alex regarda les plats de viennoiseries. Les pâtisseries à la crème, les yaourts, la douzaine de sortes de céréales, les coupes de fruits, les carafes d'orange pressée, les verseuses à café, les thés… Elle en avait le vertige.

— Puis-je ? s'enquit-elle.

L'expression du roi se fit plus ombrageuse encore, mais elle n'attendit pas son feu vert : elle avait trop faim, et il l'avait invitée.

Après s'être versé une tasse de café bien noir, elle remplit son assiette d'un échantillon de toutes les victuailles disponibles. Au moins, quel que soit le montant de sa rétribution au terme de cette curieuse aventure, elle aurait mangé à sa faim à la table d'un monarque.

— Vous serez démasquée, vous savez, gronda-t-il. Mon pays n'est peut-être qu'une île aux dimensions modestes, mon royaume, perçu comme trop conservateur et mon exercice du pouvoir, comme très autoritaire, mais il me sera facile de vous démasquer. Quand les médias recevront notre dossier avec les résultats des tests… Il ne vous restera que vos yeux pour pleurer. Même chose pour Lysias.

Certes, Alex aurait pu pleurer *de bonheur* en savourant le chausson, le fondant caramélisé des morceaux de pomme sous la pâte feuilletée encore tiède…

Aussi se tourna-t-elle vers son hôte en souriant pour répliquer :

— Vous sous-estimez Lysias ! Franchement, vous croyez qu'il m'aurait emmenée ici s'il n'était pas sûr de lui ?

Le roi la dévisageait étrangement. Sous son courroux, elle

crut discerner de la peur. Comme lorsqu'il avait pâli, la veille. Elle se sentit elle-même parcourue d'un frisson glacé. Il était en train de se dire que c'était possible. Et elle aussi.

C'était invraisemblable, fou, mais possible. Elle *pourrait* être la princesse Zandra.

Et comme s'il venait d'avoir la même pensée qu'elle, Diamandis se pencha au-dessus de la table.

— Dites-moi une chose, souffla-t-il d'un ton peu engageant. Une chose que seule la princesse Zandra Agonas et moi-même pouvions connaître.

Le doute que révélait cette demande la troubla encore davantage. Il était profondément déstabilisé. Comme il la fixait toujours, l'œil brillant, le visage mauvais, elle céda à une impulsion indéfinissable et frappa sa pomme d'Adam d'une pichenette.

À l'instant où son doigt cogna la peau du souverain, elle réalisa ce qu'elle venait de faire. Elle avait levé la main sur le roi.

Il fit un bond sur son siège, porta une main à son cou et recula, livide.

— Ça ne prouve rien ! s'écria-t-il avant de quitter la table et de l'abandonner dans la salle à manger.

Lysias rentra au palais satisfait de ses démarches. Sachant qu'il était suivi par des agents au service de Diamandis, il avait pris plaisir à les semer.

De toute façon, même si le roi découvrait ce qu'il lui préparait au Conseil, il était trop tard pour empêcher l'inévitable : le piège était posé, le parcours balisé, l'issue fatale.

En se retrouvant à la rue, au cœur d'une mégapole qu'il n'avait jamais visitée auparavant, Lysias avait commencé par se trouver un abri. Puis il avait appris qu'il lui en fallait au moins deux ou trois. En moins d'un an, grâce à sa ténacité, sa débrouillardise et ses connaissances en chimie, il avait convaincu un pharmacien de lui confier un travail de laborantin. C'était ainsi qu'il avait mis au point une crème cicatrisante, naturelle et efficace. Le bouche-à-oreille, fulgurant, lui avait assuré un tel succès qu'aussitôt la plus grande marque de cosmétique du pays lui déroulait le tapis rouge. Le reste avait été parfois exagéré par les médias, mais Lysias avait monté sa start-up en un temps record, puis piloté un groupe, avant de se diversifier et de se hisser à la tête d'un consortium international.

Pendant ce temps, Diamandis reconstruisait son pays ravagé par une terreur sanglante et imposait son pouvoir par une autorité excessive qui faisait grincer quelques dents. Étrangement, au palais royal, le personnel lui était très attaché. Il bénéficiait d'une excellente réputation – il était courtois, généreux en primes et en journées de congé supplémentaires. Les membres de son cabinet avaient exprimé un avis plus nuancé au fil des années même si, pour l'étonnement de Lysias, jamais Diamandis n'avait été accusé de franchir une quelconque ligne blanche. Dépensier ? Corrompu ? Tyrannique ? Injuste ? Personne n'employait ces mots pour le qualifier. On le disait intraitable, on lui reprochait son manque de souplesse… Rien de plus.

Quelle importance, puisque cette inflexibilité avait fini par faire pencher le Conseil du côté défavorable ? En dix ans, Lysias avait réussi à infiltrer chaque cabinet d'administration à Kalyva. À exciter au bon moment les irritations de chacun. À convaincre les personnages les plus influents du Conseil que le temps était venu d'en finir avec cette monarchie.

Lorsqu'il poussa la porte de leur suite, il fut profondément déçu de ne pas trouver Alexandra dans la chambre. Une pointe d'inquiétude et de frustration le gagna, pendant qu'il vérifiait le dressing et la salle de bains. Enfin, dans l'antichambre qui servait de salon, il l'aperçut postée sur le balcon.

Il s'immobilisa. Soulevée par la brise, sa chevelure dansait sur ses épaules. Le soleil qui lui caressait le visage mettait en valeur le dessin unique de son nez, de son front, de son menton. Un profil qui le fascinait, sans qu'il parvienne à déterminer pourquoi.

Dire qu'il l'avait prise pour un adolescent ! Son pantalon révélait la courbe très féminine de ses hanches, et il éprouva le besoin pressant de l'attirer entre ses bras. De sentir son corps contre le sien et de humer son parfum. C'était tellement irrépressible qu'il prit peur. Qu'est-ce qui lui arrivait ? Et pourquoi éprouvait-il également la certitude de pouvoir rester ici le reste de sa vie, à la regarder se tourner vers la mer sur ce balcon ?

Il reçut une sorte d'écho lointain venu de son enfance. Un flash, un effet de déjà-vu. Il se vit ici, dans une autre chambre mais dans cette même posture. Il était heureux. Il avait le sentiment d'être là où il devait être : chez lui. Qu'il appartienne à la catégorie des domestiques ne comptait pas. Il se sentait libre dans une vie harmonieuse.

Parce qu'il était aimé. Tellement aimé ! Et parce que lui aussi, il adorait sa famille, ses amis.

Tous ceux qu'il aimait étaient morts, sauf celui qui avait préféré le trahir et le briser.

— Alors ? Tu as obtenu ce que tu voulais, aujourd'hui ? demanda-t-elle en se retournant vers lui avec un sourire.

Emporté par l'ouragan de ses émotions, Lysias s'efforça de surmonter le tumulte de ses nerfs. Il afficha un sourire détendu et acquiesça.

— Oui, merci. Tout est calé. Dès que Diamandis nous en

reparlera, nous accepterons le test ADN. Les résultats seront falsifiés. Et toi ? Tu as eu une bonne journée ?

Les yeux d'Alexandra s'assombrirent.

— Non. Mon entretien avec le roi a été très bref. Il a voulu que je lui fournisse une preuve irréfutable que je suis Zandra. De toute évidence, il redoute que je sois sa sœur, et il me paraît donc évident que le corps de la princesse n'a jamais été retrouvé. Je ne vois pas l'intérêt de mener une enquête : il y a vingt ans, cette fillette a disparu, et personne n'a su ni où, ni comment.

Lysias en était lui-même convaincu. Pourquoi Diamandis leur aurait-il permis de séjourner au palais royal s'il était sûr que sa sœur reposait six pieds sous terre ? Et il s'en doutait depuis longtemps parce que…

— J'étais là, tu sais, avoua-t-il.

La jeune femme le considéra longuement, sans comprendre.

— C'est-à-dire ? demanda-t-elle.

— Au palais royal. La nuit des meurtres. Les assassins ont d'abord abattu le roi et la reine. Ils ont cherché ensuite les quatre enfants. Savaient-ils qu'ils étaient quatre ? En tout cas, ni l'aîné, Diamandis, ni Zandra, la petite dernière, n'étaient couchés. Dans la chambre des princes, il n'y avait que les jumeaux. Deux frères…

Lysias baissa les yeux.

— Qu'est-ce que tu veux dire par « j'étais là » ?

Il observa un bref silence avant d'avouer :

— J'étais au palais. Je savais que Zandra ne se trouvait pas avec les jumeaux, qu'elle était dans sa propre chambre. Si elle avait été tuée, on n'aurait pas retrouvé son corps dans la même pièce.

C'était loin d'être toute la vérité… Mais c'était la seule portion de vérité qu'il était prêt à livrer. La seule qui lui permettait de garder espoir.

Un silence étrange pesa entre eux. Soudain, Alexandra demanda :

— Tu crois qu'il est possible que je sois d'ici ?

De l'index, elle pointa la ville, au-dehors.

Dérouté, Lysias haussa les sourcils.

— Comment cela ?

— En fait...

Elle parut hésiter avant de se lancer.

— Je ne me souviens pas de ma vie avant Athènes. Peut-être que je n'en ai pas. Mais depuis que nous sommes arrivés sur cette île, tout me semble à la fois familier et oppressant. La violence de ce coup d'État a certainement conduit à des drames... C'est peut-être l'origine de mes cauchemars ?

9

Lysias lut la crainte dans les grands yeux noirs d'Alexandra. Ses lèvres tremblaient.

— D'après toi, insista-t-elle. C'est possible ?

Il aurait dû éclater de rire, tant la question était absurde... Or il n'en avait aucune envie.

— Tu ne te souviens pas du tout de tes parents ? interrogea-t-il avec gravité.

— Non.

— Et tu ne sais ni quand, ni comment tu t'es retrouvée dans les rues d'Athènes ?

Elle secoua la tête et avant de répondre :

— Non. Alors... Tu penses que c'est possible ?

Avec elle, tout semblait possible. Davantage encore depuis qu'il avait entendu son murmure, dans son cauchemar. Un cauchemar récurrent dont elle ne saisissait que des détails ici et là, *comme si elle avait eu quatre ans* en assistant à l'événement traumatique.

— Je n'en sais rien, dit-il prudemment. Mais voici ce que je te propose. Lorsque le médecin qui travaille pour moi fera ton prélèvement ADN, je lui demanderai de me fournir le résultat véritable en même temps que la conclusion falsifiée.

— C'est vrai ? demanda-t-elle d'une voix chargée d'espoir. Tu ferais ça pour moi ?

— Bien sûr. Ce n'est rien, voyons.

Il déglutit lentement. La façon dont elle le regardait était tellement bouleversante que…

Résistant au désir de la prendre dans ses bras pour la garder serrée contre lui, il afficha une expression de dureté. Jamais une femme ne l'avait attendri.

Alexandra et lui entretenaient une relation contractuelle. Professionnelle. Avec un bénéfice érotique strictement limité à la durée de leur petite mise en scène. Point final. Elle partirait où elle voudrait après leur séjour sur l'île, et il n'entendrait plus jamais parler d'elle.

Le discours qu'il se répétait mentalement était d'autant moins solide que si elle était en fait… Non ! Il devenait fou. Ce n'était pas possible.

Il n'était pas non plus envisageable qu'il se laisse hypnotiser par la douceur de cette femme au point d'en devenir dépendant.

Elle se dirigea vers lui, et il sentit aussitôt s'exercer sur lui l'attirance inexorable, terrifiante.

— Lysias…

Il y avait quelque chose de tendre dans son regard. De dangereux. Il secoua la tête.

— Je me suis montré clair, Alexandra, lâcha-t-il sèchement.

Elle acquiesça.

— Très clair.

Une douleur lui vrilla le thorax. Soit parce qu'il y avait de la résignation dans la voix de la jeune femme… Soit parce qu'il fallait plutôt interpréter son calme comme une certitude.

— Écoute, dit-il en la rejoignant sur le balcon, tous ceux que j'ai aimés sont morts ou m'ont trahi.

Il voulait qu'elle comprenne. Elle pouvait le comprendre.

— Jamais je n'enchaînerai mon sort à celui de quelqu'un. Je ne peux plus autoriser quiconque à exercer un tel pouvoir sur moi. Je dois être en mesure de prendre chaque décision seul. Tu vois ?

Une nouvelle fois, l'attitude paisible de la jeune femme le désarçonna.

— Oui, je vois, dit-elle en souriant. Mais tu me désires.

Elle n'ajouta rien. Ses grands yeux restaient arrimés aux siens, en une prière muette.

— Je ne prétends pas le contraire. Mais c'est sexuel.

— Vraiment ? Tu ne veux rien d'autre de moi, Lysias ?

Sa mâchoire se crispa. Puis il gronda :

— Non. Rien d'autre.

S'il venait de la blesser, son visage n'en trahit rien lorsqu'elle répondit :

— Alors prends-moi.

Refusant de se laisser gagner par le désespoir, Alex enroula ses bras autour du cou de Lysias pour l'embrasser. Durant quelques secondes, elle se laissa aller à une merveilleuse ivresse – le goût mentholé de ses lèvres fermes, le parfum de sa peau…

Mais très vite, il rompit leur étreinte et se mit à défaire sa ceinture.

— Ôte ton pantalon, ordonna-t-il. Ta culotte aussi.

Malgré l'étonnement, elle obtempéra et le vit se débarrasser de son boxer, lui aussi.

— Viens par ici, dit-il en la conduisant dans la chambre.

Docile, Alex se laissa renverser sur le lit et ferma les yeux dès qu'elle sentit le visage de Lysias entre ses cuisses. Sa bouche contre son sexe trempé. Sa langue qui s'insinuait en elle, et qui faisait monter les premières vagues de plaisir.

Avec une habileté démoniaque, il la conduisit vers un orgasme qui ricocha plusieurs fois, la livrant à une extase infinie... Pantelante, encore secouée de spasmes, elle se redressa pour l'inviter à revenir près d'elle sur le matelas.

— Je suis ton amant, dit-il. Rien de plus.

Elle perçut sans ambiguïté la note de défi dans sa voix. Avec douceur, elle répondit :

— Non. Tu es beaucoup plus que cela.

Sans répondre, il l'attira par le bassin, la colla contre lui et la pénétra avec force. Alex lâcha un cri de plaisir. Elle adorait le sentir entrer en elle. Et lorsqu'ils commencèrent à onduler ensemble, au gré d'un rythme de plus en plus soutenu, elle gémit. Les sensations inouïes qu'il provoquait en elle n'avaient rien à voir avec les talents techniques d'un « amant ». Il s'agissait d'un accord profond entre deux êtres qui se comprenaient. De confiance mutuelle. La perfection de leur rencontre physique naissait de l'union de leurs âmes. Elle en était certaine.

— Tu... Tu représentes tellement plus pour moi, hoqueta-t-elle, comme il l'accompagnait dans la jouissance.

— Non !

— Infiniment plus, lâcha-t-elle, à bout de souffle, en retombant à côté de lui sur le matelas.

Et en écoutant les battements de leurs deux cœurs, elle se blottit au creux de son épaule.

Le lendemain matin, Alex ne fut guère surprise de se réveiller seule dans leur lit. Lysias n'avait passé que la première partie de la nuit auprès d'elle. Naturellement, il avait voulu éviter les conséquences de ce qu'ils s'étaient dit.

Elle était amoureuse de lui.

Quel étrange concours de circonstances… Une fille comme elle ne connaissait rien au sentiment amoureux, et pourtant elle savait qu'elle l'aimait. Du plus profond de son être. Et de toutes ses forces elle voulait l'aider. Tenter de le libérer de son projet de revanche qui ne menait à rien. Passer du temps avec lui – le plus possible.

Le Lysias qui renonçait à sa vengeance existait. Elle le devinait. La veille, à l'entrée de sa chambre, elle avait trouvé les journaux. Le plus grand quotidien d'Athènes annonçait en une l'arrestation de Vasilis Pangali. Sur la photo, le criminel était menotté devant une voiture de police.

Personne, en dehors de Lysias Balaskas, n'avait pu obtenir ce résultat en si peu de temps. Il s'était débrouillé pour accumuler des preuves contre cet homme, monter un dossier et le transmettre à la justice.

Parce qu'il lui avait promis qu'il le ferait. Oui, elle l'aimait. Elle aimait qu'il tienne ses engagements, qu'il se souvienne de son parcours dans la rue, à Athènes, et de l'importance de mettre hors d'état de nuire les truands tels que Pangali.

Il se moquait de ce que pensait la bonne société. Il ne la fréquentait pas. Il demeurait fidèle à son sens de l'équité, et courageux.

Il avait un cœur d'or, mais il ne refusait de le voir. Il repoussait toute forme d'amour. Parce qu'il était bloqué.

En grandissant, Alex avait appris à accepter l'inévitable, même si cela impliquait de serrer les dents. Nier certaines vérités paraissait plus dangereux. Aussi, elle ne se dérobait pas à la grande révélation de son cœur : elle aimait éperdument Lysias. Même si cela devait mal finir, même si elle devait sortir de cette histoire vidée de toutes ses larmes, elle voulait aller jusqu'au bout.

Mais pour une raison inconnue, Lysias était incapable de courir le même risque. Il était prisonnier de la tragédie de son passé. Peut-être que, échec ou succès, son projet de vengeance lui permettrait de s'en affranchir enfin ?

Il le fallait, pensa-t-elle. Elle ne pourrait pas supporter qu'il reste enchaîné toute sa vie à ses cauchemars. Elle souffrait à l'idée que sa vie intérieure ressemble à un conflit permanent, à une course éperdue vers une prochaine bataille qui ne mènerait qu'à la suivante, et encore une autre.

Comment pouvait-elle lui permettre de progresser ? Concrètement ?

Dans ce royaume, c'était Diamandis qui détenait le pouvoir. Elle se rappela son regard stupéfait et effrayé, lorsqu'elle avait fait claquer son ongle contre son cou. De toute évidence, il croyait possible qu'elle soit sa sœur. Et elle ignorait ce qu'elle éprouvait elle-même à ce sujet.

En se préparant à sa mission, elle avait songé à la princesse qu'elle interpréterait... jamais au frère qu'elle retrouverait ! Diamandis était un homme si antipathique qu'elle n'avait guère envie de voir en lui un membre de sa famille.

Elle lâcha un long soupir et quitta son lit. Il faisait un temps éblouissant et, après son passage dans la salle de bains, elle enfila une longue robe « bain de soleil », aux couleurs vives et chatoyantes.

Pendant qu'elle se coiffait, elle ne put s'empêcher de traquer une nouvelle fois dans le miroir ses points communs avec Diamandis. La couleur des yeux, l'épaisseur de la chevelure, l'écartement des yeux et... Est-ce qu'ils n'avaient pas les mêmes oreilles ? Et quelque chose dans la forme du menton ?

Irritée contre son obsession, elle se contenta d'un maquillage minimal et, comme la veille, fut accueillie par un garde dès qu'elle sortit de sa suite.

— Puis-je vous conduire dans la salle à manger, mademoiselle ?

Alex haussa les sourcils.

— Sa Majesté souhaite prendre le petit déjeuner avec moi aujourd'hui encore ?

Le garde ne répondit pas, et elle se décida à lui emboîter le pas.

Un moment après, elle se retrouvait dans la même pièce que la veille, avec une table immense, des victuailles appétissantes... Et pas de roi.

Alex alla s'asseoir. Elle avait envie de se servir une tasse de café : rester assise devant tous ces plats sans pouvoir y goûter relevait du supplice. Agacée, elle détourna les yeux.

Cinq minutes s'écoulèrent.

Lasse, elle se leva et fit le tour de la pièce, examinant les peintures jusqu'à ce qu'elle repère une porte qui devait mener à la cuisine. N'était-ce pas l'occasion rêvée d'effectuer un petit repérage ?

Le garde posté à l'entrée de la salle semblait, par chance, très occupé à retenir l'attention d'une serveuse, aussi Alex profita-t-elle de sa distraction pour filer.

Parvenue dans le corridor, elle garda l'oreille dressée au cas où d'autres membres du personnel passeraient par là, et se retrouva au pied d'un escalier fermé par une élégante barrière de corde rouge, comme on en voyait parfois à l'entrée des théâtres.

Ce qui signifiait que cette section du palais était privée, réservée... À qui ? Au roi ?

La tentation était trop forte. Alex défit la corde et la rajusta derrière elle pour gravir l'escalier. Ses petits cheveux se dressaient sur la nuque sous l'effet de l'excitation – mais pas seulement. Plus elle avançait, plus elle éprouvait un sentiment de déjà-vu… et de peur. La familiarité du lieu n'avait rien de rassurant. Elle percevait des ondes négatives. Hostiles.

L'escalier, ainsi qu'elle pouvait s'y attendre, menait à un autre couloir interminable. Elle le longea d'un pas lent et s'arrêta, vers la fin, sur un immense portrait accroché au mur.

Une couverture noire était accrochée sur un coin supérieur, comme si quelqu'un l'avait récemment dévoilé. Il s'agissait d'un couple royal en tenue officielle, portant couronne et sceptre. Ils souriaient. Ils avaient beaucoup de prestance, un charme fou, mais… L'homme ressemblait tellement à Diamandis que, durant une seconde, elle crut que c'était lui.

Quant au visage de la dame… Impossible de ne pas voir qu'il ressemblait beaucoup au sien. Pas un copié-collé, non. Si Alex n'avait pas récemment étudié plusieurs fois son visage dans le miroir, peut-être n'aurait-elle pas fait le rapprochement, mais les yeux en amande du portrait étaient les mêmes que les siens et, surtout, la forme triangulaire du visage. La hauteur des pommettes. Une note indéfinissable dans l'expression.

Une peur panique l'envahit au moment où un sanglot menaçait de lui faire perdre tous ses moyens. Le cœur battant à coups redoublés, elle s'adossa au mur pour fermer les yeux et se sentit perdre l'équilibre.

Une main solide la retint au moment où la porte dérobée s'ouvrait en grand.

Lysias !

Sidérée, elle balbutia :

— Mais… Qu'est-ce que tu fais ici ?

— On t'a suivie ? demanda-t-il en jetant un coup d'œil suspicieux dans le corridor.

— Bien sûr que non, répondit-elle d'un ton offensé, recouvrant ses esprits.

Puis elle sourit et joua :

— Aucun garde ne me retient prisonnière si je souhaite m'évader. Et toi ?

Il haussa modestement les épaules.

— Je connais le palais des caves aux greniers. Je circule partout les yeux fermés, ici.

Alex hocha la tête, pensive. Au loin, elle entendait des pas. Trop loin pour qu'ils soient concernés.

— Mais ils finiront par nous trouver, tu sais. Surtout si le roi m'attendait bel et bien ce matin.

Lysias lâcha un long soupir.

— Oui. Il a planté des gardes tous les trois mètres et il surveille absolument tout le monde. Il est totalement paranoïaque. C'est cet atroce coup d'État qui lui a fait perdre la tête. Ce que je peux comprendre.

Alex le considéra avec étonnement. Pour la première fois, il parlait de Diamandis comme d'un homme brisé par la nuit qui avait changé le cours de son existence, à lui aussi.

Elle se retourna.

— Où sommes-nous ?

Des épingles de glace se plantaient dans le haut de ses épaules. La pièce était ravissante. Malgré les voiles noirs qui recouvraient le mobilier, un rayon du soleil filtrait par une fenêtre placée très en hauteur, et sa lumière mordorée mettait en valeur les scènes peintes directement à la main sur les murs. L'œuvre d'un artiste très doué, à l'évidence. Des princesses dans des clairières, des animaux jouant avec des lutins et des fées.

— Une chambre d'enfant, révéla Lysias non sans avoir marqué une longue hésitation.

— Quel enfant ? insista-t-elle en s'approchant d'une ravissante image représentant un dragon en vol au-dessus d'une forêt.

Elle avança la main pour toucher le brillant de ses écailles.

Lysias secoua lentement la tête. Avec lourdeur.

— La princesse, dit-il très bas.

Comme si elle venait d'être brûlée, Alex ôta vivement sa main du mur. Elle n'avait pas à être là. C'était, comment dire ? C'était mal. Et elle ignorait pourquoi.

Perturbée, elle se retourna vers son compagnon.

— Je ne comprends pas… Qu'est-ce que tu es venu faire ici ?

Il ne répondit pas tout de suite. Il avait l'air embarrassé. De toute évidence, sa présence dans ce lieu n'avait rien à voir avec sa vengeance.

— Je n'en avais pas l'intention, révéla-t-il avec une tristesse qui l'atteignit en plein cœur.

Une tristesse qu'elle n'avait encore jamais lue sur son visage. On aurait dit qu'il avait poussé cette porte à contrecœur, et qu'il en souffrait.

Elle eut envie de le consoler. Même s'il n'était pas prêt à accepter ses gestes de réconfort. Doucement, elle s'approcha de lui et glissa un bras autour de sa taille, mais elle aperçut alors quelque chose dans l'angle inférieur de la fenêtre.

Elle s'immobilisa. Sur le mur, dans la partie basse, une autre peinture présentait une grosse souche d'arbre autour de laquelle dansaient et chantaient des oiseaux multicolores. Comme dans le bureau de Diamandis, Alex eut immédiatement l'intuition que ce n'était pas juste une décoration.

Plus que l'intuition : la certitude.

— Lysias, murmura-t-elle en s'agenouillant devant l'image.

— Qu'y a-t-il ?

D'une main tremblante, elle désigna l'arbre du doigt.

— C'est la porte. La porte de mon rêve.

Lysias resta muet. Les mots se bousculèrent dans sa tête, mais il n'eut pas la force de la traiter de menteuse. Il lisait l'effroi dans son regard. Il voyait le tremblement dont sa main était agitée tandis qu'elle lui désignait l'image qui dissimulait, en effet, une porte.

Elle l'avait murmuré dans son sommeil : « La porte... le tronc. » Dès ce moment, il avait su qu'il n'était pas impossible que...

Brutalement, sa mémoire lui renvoya la voix de la fillette : « Et ici, je serai en sécurité ? »

Il sentit son corps se tordre au souvenir de la petite qui s'agenouillait pour désigner l'image, exactement comme Alexandra venait de le faire. Puis il revit le visage de la reine ; une femme d'une grande gentillesse dont le profil était étonnamment semblable à celui d'Alexandra.

— Qu'est-ce qui s'est passé ici ? demanda-t-elle d'une voix blanche.

10

Lysias chercha l'esquive. Impossible de tout dire à Alexandra. Comment aller au bout de son projet s'il lui avouait la vérité ? Or il ne pouvait se résoudre à lui mentir. Il allait donc devoir ruser.

— C'était la chambre de la princesse Zandra, expliqua-t-il. Celle de Diamandis était à l'entrée de ce couloir. Les deux autres enfants, des frères jumeaux, partageaient la pièce en face dans le couloir. Ils se ressemblaient, bien sûr, mais ils étaient surtout inséparables. Malgré les efforts des nourrices et de leurs parents, impossible de les convaincre que chaque prince devait avoir sa chambre. Voilà pourquoi les quatre enfants du roi et de la reine occupaient trois chambres. Toutes situées à cet étage.

Comme si elle obéissait à une impulsion morbide, la jeune femme se releva, ouvrit la porte et jeta dans ce couloir sinistre un regard chagriné.

— Lysias, qu'est-ce qui s'est passé, exactement ?

Il comprenait son besoin de savoir.

— Je me trouvais chez moi, dans notre appartement de fonction, avec mes parents, quand nous avons entendu les premiers cris, les coups de feu. Les gens couraient partout, et cette phrase couvrait les hurlements : « Le roi et la reine ont été assassinés ! » Mes parents m'ont ordonné de fuir par une porte dérobée. Comme je te l'ai dit, je connaissais tous les passages de service, tous les couloirs dissimulés du palais. Ils ont enchanté mon enfance parce que, grâce à eux, chaque jour ressemblait à une course au trésor, à une aventure. Les domestiques du palais n'en utilisent plus que quelques-uns. Alors mes parents ont pensé que je ne risquerais rien si je restais tranquille derrière la cloison.

— Et c'était le cas ? Tu étais à l'abri du danger ?

— Oui, mais... J'étais conscient que les tueurs qui s'en étaient pris à nos souverains allaient tenter de trouver leurs enfants.

Il y avait si longtemps que Lysias bloquait le flot des souvenirs les plus douloureux de son enfance qu'il était surpris de les voir défiler si nettement dans son esprit. Ils étaient intacts. En lui résonnaient les fusillades et le bruit des pas affolés. Il revit le visage déformé par la peur de certains domestiques qui s'enfermaient à double tour dans leur logement, en priant pour que les terroristes ne s'en prennent pas à eux.

Ces souvenirs allaient le déchiqueter avec la même cruauté que les serres d'un vautour furieux, s'il les libérait. Pourtant, il osa. Les démons n'avaient qu'à sortir, là, maintenant. Naïveté ? Inconscience ? Il croyait peut-être conjurer la violence de ces événements une bonne fois pour toutes, en soulevant le couvercle de plomb sous lequel il les avait maintenus près de vingt ans.

L'attaque fut immédiate. Il ne vit pas les scènes de cette nuit-là seulement avec ses yeux ; elles se mirent à revivre en lui, accaparant tous ses sens.

D'abord, l'attente dans le passage secret, à se demander que faire. C'était l'image de son meilleur ami, assassiné de sang-froid dans sa chambre, qui l'avait décidé à désobéir à ses parents. À intervenir. Il avait donc suivi un long dédale de couloirs dissimulés afin de gagner sa chambre, mais… il avait eu beau la fouiller dans ses moindres recoins, Diamandis n'était pas là.

— J'ai cru pouvoir faire quelque chose pour les autres. J'ai entrebâillé la porte donnant sur le couloir. Des hommes démolissaient celle de la chambre des jumeaux. Encore des coups de feu. Des cris déchirants.

Il était tellement happé par le cauchemar qu'il se demanda s'il venait lui-même de crier, ou s'il l'avait imaginé.

— Mais j'ai déduit de la présence des tueurs au milieu du couloir qu'ils ne s'en étaient pas encore pris à la princesse. Que Diamandis était peut-être parti la chercher pour la mettre à l'abri. J'ai pensé… Que si je ne pouvais plus rien pour les jumeaux, je pouvais encore aider Zandra et mon ami. Alors je suis retourné dans le passage dérobé, et je suis entré par là.

Il désigna la porte dissimulée dans l'image du tronc aux oiseaux.

— Diamandis n'était pas là, mais Zandra, si. Elle était assise sur son lit. Je lui ai dit qu'il fallait qu'elle m'accompagne dans le passage si elle voulait être en sécurité. Elle n'a pas répondu. J'ignore ce dont elle avait été témoin, ce qu'elle avait entendu… Mais lorsque je me suis approché d'elle, elle m'a donné la main et a consenti à me suivre. Je lui ai dit que nous allions retrouver mes parents…

Il s'interrompit pour lever la tête vers elle et préciser :

— La fameuse preuve de haute trahison, ce seraient les ballerines en cuir que portait Zandra ce soir-là, et qu'on a retrouvées chez mes parents. Du moins, c'est la rumeur qui a circulé dans le pays. Si c'est vrai, je ne sais pas comment elles ont atterri là. Mes parents n'auraient jamais fait de mal à un enfant ! *Jamais*.

— Je te crois. Tu as sauvé la princesse, murmura-t-elle d'une voix éraillée.

— Je ne sais pas, dit-il. J'ai essayé. Personne n'a compris ce qu'elle était devenue.

Elle avait demandé : « Et ici, je serai en sécurité ? »

Lysias n'avait jamais pu lui répondre.

— J'ai entendu les tueurs arriver, alors je l'ai poussée dans le mur et j'ai fermé la porte sur elle. Ils ont surgi, ils étaient quatre et ils m'ont regardé, avec leurs armes terrifiantes, et l'un d'eux a dit aux autres que j'étais un serviteur. Je ne me souviens pas d'avoir reçu un coup à la tête, mais je suis resté inconscient un bon moment. Quand je me suis réveillé, j'avais mal partout et j'étais enfermé dans une cellule. Rétention préventive. Seul. Plus jamais je n'ai pu voir mes parents, ni leur parler. Ils ont été arrêtés et exécutés le lendemain.

— Oh ! Lysias...

Il ferma les paupières un instant avant d'enchaîner :

— Pourquoi n'ai-je pas subi le même sort qu'eux ? À cause de mon âge. De mon amitié avec le roi Diamandis. Les juges ont dit que la princesse était morte et je les ai crus. Mais je savais que mes parents n'avaient rien à voir avec ça. Est-ce qu'ils lui ont donné des vêtements, avant de la renvoyer dans les passages dérobés, pour qu'elle ne soit pas reconnue comme la princesse ? A-t-elle emprunté un mauvais couloir ? Les tueurs ont-ils fini par la trouver ? Je ne le saurai jamais. En revanche, je sais, je suis absolument certain que mes parents n'ont pas tué une petite fille. Ils n'ont commis aucun crime. Ils ne méritaient ni l'humiliation d'être désignés comme traîtres, ni d'être condamnés à mort.

— Je te crois, dit-elle. Mais...

Il releva les yeux vers elle. Elle le fixait avec gravité. Il sut tout de suite décrypter l'intensité de ce regard.

Les démons s'éloignaient, même si le bruit et la fureur de leurs actions laissaient une trace dans l'atmosphère. Lysias se sentit épuisé. Vidé.

Alexandra le dévisageait avec une bienveillance infinie, les joues trempées de larmes.

— Lysias... Si tu ne sais pas ce qui lui est arrivé... Si personne ne peut dire ce qu'elle est devenue...

Il retint un soupir. Cette idée folle revenait régulièrement dans son esprit. Il l'admettait, des coïncidences troublantes avaient lieu. Les cauchemars, l'intuition dans le bureau de Diamandis... Une certaine ressemblance avec la défunte reine. Oui. Mais Alexandra avait mené une vie de caméléon pour survivre dans les rues d'Athènes : elle s'imprégnait de tout ce qui concernait la princesse et... elle prenait son rôle un peu trop à cœur, voilà tout.

Pourtant, il aurait eu *envie* que ce soit vrai.

— Non, c'est impossible, conclut-il.

— Je le sais. Bien sûr que c'est impossible. Tu as raison.

Lentement, elle secoua la tête en signe d'impuissance, avant d'ajouter :

— J'étais peut-être une fille de domestiques, moi aussi ? Et j'aurais été témoin de certains événements cette nuit-là ? Ou bien quelqu'un me les aurait racontés quand j'étais petite ?

Lysias doutait fort qu'elle ait été la fille d'un membre du personnel, à l'époque. Il connaissait tout le monde. En revanche, la dernière option paraissait plus vraisemblable.

— Peut-être.

— Nous ne le saurons jamais, admit-elle, sauf si le test ADN correspond à quelque chose dans la base de données. En attendant, tes parents ont subi une terrible infamie et j'aimerais faire tout ce que je peux afin de laver leur mémoire. Nous pouvons réussir. Ensemble.

Depuis l'âge de douze ans, Lysias n'avait plus compté sur personne. Sentir quelqu'un près de lui, de son côté… Comme une étrange nappe de chaleur se répandait en lui, il la rejeta, à l'instar d'une couverture inutile.

Non ! Il réglerait cette histoire *seul,* parce que c'était *la sienne. Sa* victoire sur Diamandis serait entière et il refusait de la partager.

Aussi allait-il prier Alexandra de s'en tenir à son rôle lorsque la jeune femme recula d'un bond et se mit en position défensive.

D'instinct, dans un élan protecteur, il s'interposa devant elle et tourna la tête dans la direction qu'elle regardait fixement. La porte sur le couloir était ouverte. Diamandis se tenait sur le seuil, visiblement très contrarié.

Il leur adressa un regard foudroyant avant de tonner :

— Qu'est-ce que vous manigancez dans mon dos ici, vous deux ? Mon assassinat ?

Alex ne se rappelait pas avoir été aussi secouée de sa vie, sauf peut-être lorsque son agresseur la menaçait de son couteau, à Athènes.

Or le risque présent n'avait rien de comparable. Elle n'aurait pas dû éprouver un tel tumulte… Machinalement, elle se retourna vers la porte décorée du tronc et des oiseaux. Comment en avait-elle rêvé ? Pourquoi ce palais faisait-il remonter tant de sensations bizarres et indéfinissables en elle ?

Levant tristement les yeux vers Diamandis, elle jugea opportun d'emprunter à la vérité pour crédibiliser son personnage.

— Je souffre de terreurs nocturnes, expliqua-t-elle. Je vois une porte. Et quand j'ai parlé de mon rêve à Lysias, il m'a emmenée ici.

Le souverain prit un air écœuré.

— Vous voulez dire que sa réaction a été de vous faire monter dans cette chambre pour vous farcir la tête de mensonges ?

— Non, ce n'est pas du tout ce que je voulais dire, rétorqua-t-elle.

— Je connais tes méthodes, Lysias, reprit le roi en dévisageant son compagnon. Tu lui as répété cent fois tes propres souvenirs pour qu'elle les assimile !

Reportant son attention sur elle, il ajouta :

— Vous pensiez qu'il suffirait de me donner une chiquenaude sur le cou pour que j'avale ce scénario absurde ? Non, je ne suis pas si crédule. Mon médecin est ici pour le prélèvement ADN. Finissons-en.

Lysias ne bougeait pas. Les yeux écarquillés, il fixait Diamandis comme si celui-ci venait de s'exprimer dans une langue inconnue. Puis, bouche bée, il la dévisagea.

— Tu... Tu as frappé le roi ? murmura-t-il. À la gorge ?

Alex sentit ses joues flamber d'embarras.

— Je... Je ne me suis pas rendu compte que c'était si grave, balbutia-t-elle.

Oh bon sang, et si ce geste inconsidéré lui valait la peine capitale, à elle aussi ? Elle n'avait sans doute pas bien mesuré la rigidité des lois du royaume, surtout en ce qui concernait la sacro-sainte personne du souverain...

— Où doit avoir lieu le prélèvement pour le test ? s'enquit Lysias.

De nouveau, les deux hommes se défiaient du regard.

— Dans mon bureau !

— Très bien, nous t'y rejoignons dans un moment.

— Tu crois que je vais te laisser continuer à salir la mémoire de ma sœur dans sa propre chambre ? opposa Diamandis avec fougue.

— Il est un peu tard pour te soucier d'elle, glapit Lysias d'un ton sarcastique. Si ma mémoire est bonne, la nuit des meurtres, personne ne sait où tu étais bien tranquillement planqué, à dormir comme si de rien n'était !

Effrayée, Alex lut les différentes étapes du choc et de la fureur se peindre sur le visage de Diamandis.

Elle lâcha un long soupir de frustration. Ces deux-là étaient traumatisés par les tragiques conséquences d'une seule et même nuit, ils étaient poursuivis jusque dans leur vie d'adulte par les mêmes démons de l'absence et du manque... Or ils ne savaient pas exprimer leur souffrance autrement que par le conflit.

Elle n'était probablement pas Zandra, pensa-t-elle. Mais rien ne l'empêcherait de se comporter comme une princesse, dans cette circonstance.

Avec dignité, elle se posta entre eux et fit signe à Diamandis de s'écarter de son passage.

— Décidément, messieurs, vous vous montrez aussi vulgaires que deux coqs dans une basse-cour. Je vous suggère toutefois de poursuivre ce duel dehors. Ne comptez pas sur moi pour être votre spectatrice.

Sur ces mots, elle quitta les deux hommes médusés et refit le trajet en sens inverse jusqu'à la salle à manger. Diamandis avait raison : il fallait « en finir ».

Cette histoire devenait malsaine sous tous les angles. Alex s'investissait trop dans son rôle. Plus tôt elle quitterait cette île, mieux elle se porterait. Et puis, jamais elle ne parviendrait à convaincre Lysias d'écouter son cœur et de leur accorder une chance. Il refusait d'aimer. Peut-être n'en avait-il pas le courage. Et au fond, sans doute n'avait-elle pas besoin de son amour : si elle savait se satisfaire de cette relation charnelle à durée déterminée, elle aurait le cœur intact au terme de cette aventure.

Parvenant dans la salle à manger, l'esprit éclairci par sa résolution, elle indiqua au garde qu'elle devait se rendre au bureau du roi. Tandis qu'il l'escortait, elle tentait d'apaiser ses esprits. Les parents de Lysias étaient les dernières personnes connues à avoir vu la princesse. Il était fort probable que, renvoyée dans les passages secrets, elle se soit perdue avant que les tueurs ne la trouvent.

Quant à elle… Alexandra avait forcément vécu sur cette île avant Athènes, avant « Alex ». Et d'une façon ou d'une autre, le coup d'État avait lourdement pesé sur son enfance. Et si elle avait été chassée de Kalyva, comme Lysias ? Ses parents à elle appartenaient peut-être au camp des traîtres et des assassins ?

Le garde lui permit d'entrer dans le bureau de Diamandis où attendait déjà un monsieur d'âge moyen, très élégant. Il avait disposé une rangée d'accessoires médicaux sur une table.

— Bonjour, dit-elle en souriant.

L'homme se tournait vers elle pour la saluer à son tour quand le roi fit son entrée par la porte du fond.

Il ne semblait guère avoir éteint la fureur décuplée par Lysias un moment plus tôt, et il lui décocha un coup d'œil hostile avant de s'adresser directement au médecin.

Lysias apparut à son tour, la mine aussi sombre que celle de son ennemi.

— Docteur Nikolaou, voici la personne qu'il vous faut tester.

Le praticien hocha la tête.

— Je vous en prie, approchez, mademoiselle, dit-il. Asseyez-vous.

Docile, Alex ouvrit la bouche, laissa l'homme promener l'embout de l'outil sur ses gencives et prélever sa salive.

— Au bout de combien de temps pourrons-nous connaître le résultat ? s'enquit Lysias d'un ton faussement détaché.

— Quelques jours, répondit le médecin. Vendredi au plus tard.

— Merci, docteur, conclut le roi en poussant presque le médecin dehors. Je n'ai pas besoin de vous rappeler l'importance de garder une discrétion absolue sur cette affaire très sensible.

— Cela va de soi, Votre Majesté, assura le médecin.

Alex crut à cet instant discerner dans le regard de l'homme une profonde antipathie à l'égard de Diamandis.

Ce qui expliquait pourquoi Lysias avait réussi gagner sa coopération. Une excitation gagna Alex à l'idée qu'elle recevrait bientôt une réponse au moins partielle aux questions qu'elle se posait quant à ses origines, grâce à la véritable étude que mènerait le scientifique en parallèle du faux rapport de parenté.

— Je vous prie de quitter mon bureau, maintenant, dit Diamandis d'une voix forte. Vous resterez désormais à distance des quartiers privés de la famille royale. C'est clair ? Si je te retrouve là-haut, Lysias, tu partiras aussitôt refaire une visite des cellules de rétention.

Alex vit la colère briller dans les yeux caramel de Lysias qui, cependant, ne dit rien.

Quand le roi s'arrêta devant elle pour la toiser d'un œil méfiant, elle n'eut pas besoin de réfléchir. Sur une impulsion spontanée, elle prit les mains du souverain dans les siennes et dit avec gentillesse :

— Je suis impatiente de recevoir les résultats, Diamandis. Même s'ils ne contiennent pas les réponses à toutes nos questions, ils nous permettront d'avancer, j'en suis sûre. La colère n'aura donc plus sa place entre nous.

Sidéré, le souverain lui reprit vivement ses mains mais resta muet.

Alex tourna alors les talons et quitta le bureau d'un pas assuré.

Derrière Diamandis, Lysias venait d'assister au départ d'Alexandra. Un départ gracieux, tout en dignité, en panache. Un départ de… de princesse ?

Non. Ce n'était pas possible. Elle trouvait des portes dérobées grâce à son instinct et à son expérience d'espionne. Elle faisait des cauchemars, comme lui, à cause de la vie dans la rue et parce qu'un drame avait forcément marqué son enfance, pour qu'elle soit privée de ses parents si jeune…

Cela ne signifiait pas qu'elle était la cadette du défunt roi et son épouse ! Ni qu'elle avait passé les quatre premières années de sa vie dans ce palais.

Les probabilités plaidaient en défaveur totale de l'hypothèse complètement folle qu'elle soit… Il se répéta encore et encore qu'il délirait. Mais il avait la gorge serrée depuis qu'il avait quitté la chambre de Zandra.

En suivant le roi, une autre image lui était revenue avec une netteté incroyable : les grands yeux bruns de la fillette à l'instant où il la poussait dans le passage.

Pourquoi cette image se superposait-elle à la perfection avec celle des yeux d'Alexandra ?

11

— C'est une menteuse, lâcha Diamandis avec humeur. Et toi aussi.

— Vraiment ? Dans ce cas, pourquoi nous gardes-tu au palais ? railla Lysias.

— Parce que mon peuple mérite d'avoir la preuve que tout s'est déroulé dans le calme, et que les résultats sont formels. Cela démontrera au passage que tu ourdis des plans hostiles à la famille royale, comme tes parents : tu pourras encore hurler à l'injustice, comme autrefois, si cela t'amuse, mais je ne vois pas comment tu réussirais à convaincre quiconque de ta prétendue sainteté.

Outré, Lysias fusilla le roi du regard.

— Mais je n'ai pas...

— Votre Majesté, intervint un secrétaire, votre audience avec M. Kronos peut commencer.

Diamandis hocha la tête et se tourna vers lui pour conclure :

— Ta bataille était perdue d'avance.

Lysias haussa les épaules et sortit, irrité par l'arrogance de Diamandis et impatient de retrouver Alexandra.

Il n'attendit pas que le roi lui accorde la permission de sortir puisque l'entretien était clos. D'un pas vif, il traversa salles et couloirs menant à leur suite.

Le mélange de joie et de soulagement que Lysias éprouva en rejoignant la jeune femme l'effraya. Certes, l'intensité de leur liaison physique avait quelque chose d'exceptionnel. Ses nuits avec elle ne ressemblaient à rien de ce qu'il avait connu auparavant. Mais ce qui l'unissait à elle était plus profond, il le sentait.

Il devait faire quelque chose. Le plus rapidement possible. La séparation devenait urgente. S'il en avait besoin, il en reçut une preuve supplémentaire lorsqu'elle lui sourit – et qu'une étrange faiblesse s'empara de tout son être.

Il refusait de perdre à ce point le contrôle de sa volonté... Non, il ne le permettrait pas.

— Est-ce que le médecin travaille pour toi ? s'enquit-elle depuis le balcon.

Il perçut la note anxieuse dans sa voix.

— Non. Il accepte de nous aider parce qu'il veut que la justice progresse.

La jeune femme le considéra avec perplexité.

— Comment cela ?

— Les gens d'ici sont fatigués de la poigne de fer de Diamandis, expliqua-t-il. En voulant répondre à la violence du sort subi par sa famille, il a commis bien des erreurs. Il est trop dur, trop inflexible. Le peuple ne l'aime pas. Il a perdu la confiance de ses sujets.

L'inquiétude voila le visage de sa compagne.

— Tu ne comptes tout de même pas...

— Je ne suis pas un assassin, Alexandra, coupa-t-il. Je ne souhaite évidemment pas qu'il soit exécuté comme ses malheureux parents. En revanche, il me paraît souhaitable qu'il renonce au trône et que le peuple mette en place un nouveau régime. Mais si personne ne provoque un peu le destin, cela n'arrivera pas, car Diamandis s'accroche à son pouvoir comme un chien enragé…

Il la regarda droit dans les yeux pour annoncer :

— C'est pourquoi il me reste beaucoup à faire. Je vais devoir quitter le palais. Je ne reviendrai pas avant demain.

Comme si elle le perçait à jour, elle lui adressa un long regard. Un regard empreint de tristesse.

— Très bien, dit-elle sobrement.

— Nous assisterons ensemble au bal de vendredi soir, une grande tradition avant la réunion du Conseil samedi. Diamandis fera l'objet d'une censure par scrutin majoritaire, et sera poussé à l'abdication. Je vais m'assurer une dernière fois ce soir du nombre de voix qui s'exprimeront contre la poursuite de son règne. Le soir même, tu seras libre : tu pourras partir avec ton salaire.

Une lueur d'effroi s'alluma dans son regard brun.

— Et que se passera-t-il à Kalyva ? interrogea-t-elle.

Lysias haussa les épaules.

— Ce que décideront les gens.

Elle ne répondit pas. Mais il voyait défiler des ombres sur son visage.

— Je pourrais t'accompagner, suggéra-t-elle.

Il n'y avait pas de timidité dans sa question. Elle le regardait avec bienveillance, comme quelqu'un qui veut sincèrement offrir son aide.

— Non merci, c'est inutile, lâcha-t-il sèchement, comme il sentait la situation lui échapper.

— Ma compagnie pourrait juste te permettre de te concentrer sur ce que tu as à faire pendant que…

— Non.

Un silence suivit le son métallique de la syllabe qu'il avait laissée tomber comme la lame d'une guillotine.

Enfin, elle hocha la tête avec simplicité.

— Très bien. Mais je sais de quoi tu as peur, Lysias.

Ces paroles le firent tressaillir.

— Je sais aussi que tu as du courage, enchaîna-t-elle. Beaucoup de courage. Tu as tenté de sauver la princesse, risquant ta propre vie, autrefois. Et tu n'étais encore qu'un enfant quand tu as tout perdu. Tu as survécu grâce à ce courage. Tu es devenu un grand entrepreneur admiré de tous… Et tu n'as donc aucune raison d'avoir peur de moi.

Il sourit.

— Mais je n'ai pas peur, *asteri mou*, assura-t-il. La peur n'a rien à faire là-dedans.

Son ravissant visage exprimait une profonde gravité.

— Bien sûr que si, dit-elle.

Le lendemain, Alex partit retrouver son habilleuse pour les derniers ajustements de sa robe de bal. Sa blessure n'était plus qu'un mauvais souvenir, les points de suture résorbables ayant déjà presque effacé l'entaille – qui disparaîtrait après quelques semaines d'application d'une huile végétale. Elle aurait donc pu s'autoriser n'importe quel type de décolleté, mais elle tenait beaucoup à apparaître au bal dans une vraie robe de princesse.

Le col bateau était très élégant. Corset en velours bleu brodé d'or, jupes bouffantes avec jeux de dorures sur fond marine… Le vêtement était somptueux en lui-même, mais un détail le rendait unique et incomparable : la cape assortie, longue et spectaculaire ! Alex en avait eu confirmation : elle serait la seule à oser arborer cet accessoire.

Ayant éprouvé une grande solitude au cours de la nuit

passée, à chercher vainement le sommeil dans le lit trop grand pour elle, elle était impatiente de rejoindre Lysias.

Il venait de lui adresser un texto pour la prier de donner avec lui un entretien à une journaliste.

Dès qu'elle le retrouva dans la cour du palais, Alex sentit son cœur battre à coups redoublés. Hélas, assis auprès de la dame, Lysias lui accorda un sourire crispé et ne se tourna plus une seule fois vers elle au cours de l'interview.

Plus il s'éloignait d'elle, plus il installait la distance entre eux, et plus elle avait l'impression de s'approcher d'un gouffre dont elle ne saurait jamais s'extraire si elle y tombait…

Au prix d'un effort surhumain, elle réussit néanmoins à sourire à la journaliste. En revanche, il lui fut impossible de faire semblant de jeter des regards énamourés à son fiancé. Parce qu'elle l'aimait vraiment. Parce que l'amour qu'elle lui vouait la mettait au supplice.

— Regardez, poursuivit la jeune femme avec enthousiasme, nous avons utilisé un logiciel intelligent à partir de la photo de la princesse à quatre ans pour voir à quoi elle ressemblerait aujourd'hui. Le résultat est incroyable, n'est-ce pas ?

Alexandra baissa les yeux sur l'écran de la tablette de la journaliste et eut l'impression de se regarder dans le miroir. C'était tellement inouï qu'elle en eut le souffle coupé. Muette, elle fixa l'image et lutta contre l'émotion qui menaçait de la submerger.

Cette photo… C'était elle.

Alexandra.

Il ne fallait surtout pas qu'elle pleure. Pas maintenant. Même si le sang fusait si vite dans ses artères qu'elle n'entendait rien d'autre que son vrombissement.

— Vous avez utilisé une photo de moi, observa-t-elle. Je veux dire, une photo récente.

La journaliste parut enchantée et secoua la tête négativement.

— L'ordinateur a produit cette image uniquement à partir de vos portraits officiels d'enfant, avant votre disparition. Avec votre autorisation, nous aimerions la publier à côté de votre photo de fiançailles avec M. Balaskas.

Lysias sourit comme si de rien n'était.

— C'est une excellente idée, conclut-il. Merci pour tout, madame Karras. J'ai hâte de lire votre article. Maintenant, si vous voulez bien nous excuser, je dois emmener Alexandra en ville : nous avons plusieurs rendez-vous avec la presse aujourd'hui.

Son cœur battait tellement fort qu'elle resta silencieuse pendant qu'il prenait congé de la journaliste pour l'emmener dans un café où plusieurs autres reporters les attendaient.

Ils partirent donc en limousine. Le portable collé à l'oreille, Lysias donna un entretien à une correspondante étrangère. Non sans soulagement, elle l'écouta réciter une seconde fois le récit bien ficelé qu'il vendait à son interlocutrice, un récit irrésistible pour les médias : un « authentique » conte de fées moderne.

Fébrile sur son siège, Alexandra ne pensait à rien d'autre qu'à la photo. La photo qui représentait *son* visage. Mme Karras avait-elle menti ? L'image se basait-elle sur un vrai cliché d'elle ? Forcément. Oui, et Lysias avait dû payer pour permettre la fabrication de ce leurre. De toute évidence, il usait et abusait de cette méthode.

Elle était incapable de rester assise dans un café à sourire à un défilé de reporters... Comme la limousine longeait la plage, elle ordonna au chauffeur de s'arrêter.

— Il y a un problème ? s'enquit Lysias en rangeant son mobile.

Un problème ? Non. *Tout* était problématique, plus rien ne fonctionnait normalement…

— J'ai besoin d'air, lâcha-t-elle en ouvrant la portière.

Puis elle se mit à courir sur la plage, vers la mer. Ses escarpins s'enfoncèrent dans le sable et elle les abandonna pour continuer. Elle répondait à un appel. Il *fallait* qu'elle se jette à l'eau et qu'elle nage le plus loin possible.

Elle portait un tailleur-pantalon et, lorsque ses chevilles furent giflées par l'écume, elle s'arrêta. Elle avait envie de tomber à genoux dans l'eau et de pleurer, mais elle n'en fit rien.

Debout, elle considéra la ligne d'horizon et emplit ses poumons d'air iodé. Peu à peu, le son du ressac l'apaisa.

Combien de fois avait-elle connu ce genre d'angoisses, quand elle fuyait une situation dangereuse ? C'était le quotidien de toute sa vie, et pourtant elle avait l'impression que cette vie-là n'existait plus. Qu'un siècle s'était écoulé depuis sa dernière nuit dans son refuge athénien. Depuis « Alex ».

Pas de retour en arrière. Jamais. Elle était heureuse de pouvoir regarder devant elle. Serrant les poings, elle sourit au bleu du ciel.

Lysias venait de la rejoindre, mais elle n'avait pas envie de lui parler. Sa compagnie lui était même pénible, en cet instant. Lorsqu'il tenta de prendre sa main dans la sienne, elle l'en empêcha.

— N'oublie pas les photographes, Alexandra, protesta-t-il.

Ses maudits photographes ! Elle aurait volontiers interprété pour eux la plus théâtrale des scènes de ménage !

— Je me fiche de tes paparazzis ! s'écria-t-elle. J'ai besoin d'un moment pour respirer. Pour être moi-même. Ne pas jouer à incarner quelqu'un d'autre… C'est trop te demander ?

— Tu t'es déguisée en adolescent pendant des années et, soudain, tu éprouves le besoin d'être « toi-même » ? répliqua-t-il.

Son recours incessant au sarcasme l'irritait.

— Parfaitement, rétorqua-t-elle. J'ai été un gamin des rues. Un gamin sans nom et sans passé, sans histoire. Pas la réincarnation d'une personne réelle. Pas une princesse que tout un peuple a connue. Une malheureuse enfant qui est certainement morte et qui n'est pas...

Qui n'est pas moi, faillit-elle dire. Mais en était-elle convaincue ? *Tu pourrais être Zandra*, lui souffla encore une voix dans son esprit. La voix de la raison, ou de la folie ?

Alexandra déglutit lentement. Cette photo... C'était pourtant bien *elle*. Et si c'était possible ?

Lentement, elle se tourna vers lui.

— Lysias... Et si j'étais vraiment elle ?

Le regard et la voix de son compagnon se durcirent.

— Tu ne l'es pas.

— J'ai dit « si », rappela-t-elle.

Il la considéra d'un regard indéchiffrable. Puis, non sans avoir observé un long silence, il contempla les vagues et lâcha :

— Dans ce cas, ce serait hors sujet.

La violence de ces mots pulvérisa le cœur d'Alexandra, sans qu'il paraisse s'en apercevoir.

— Ça ne changerait rien, continua-t-il. Rien ne peut contrevenir à mon plan, à ma revanche. Que tu sois la princesse ou pas, j'irai jusqu'au bout.

— Parce que je ne compte pas ? murmura-t-elle, sidérée par son jusqu'au-boutisme.

L'obsession du châtiment. Il ne connaissait rien d'autre ! Et elle ne lisait aucune émotion dans son regard opaque. Ni douleur, ni espoir, ni confusion.

— Tu es un outil important, concéda-t-il. Mais un outil.

Elle le savait. Ou du moins, au début, c'est ce qu'elle avait compris, non sans espérer qu'en cours de route, au fil de leur relation, les choses avaient changé. Eux, oui, ils avaient évolué... Mais pas sa façon de la considérer.

Décidément, elle avait fait preuve de beaucoup de naïveté en imaginant faire changer Lysias Balaskas. Un jour, elle saurait se pardonner cette erreur. Pour le moment, elle devait se concentrer sur un but et un seul : se relever. Survivre. Surmonter cette épreuve.

— Si je suis Zandra, je pourrai rester ici après l'exécution de ton plan, dit-elle. Parce que c'est chez moi. Je me sens citoyenne de Kalyva.

— Tu ne serais pas en sécurité, opposa-t-il.

— Tu veux dire que c'est *toi* qui ne te sentirais pas en sécurité si je restais, riposta-t-elle. Parce que je risquerais de dire la vérité. Parce que quelqu'un finirait bien par découvrir que tu es derrière le vote contre le roi. Parce que, même si tu as besoin de t'en convaincre, Diamandis n'est pas contesté, ici. Et tu veux que je disparaisse pour mieux te disculper aux yeux de tous.

Malgré le caractère direct de l'accusation, il ne bougea pas. Son visage demeura de marbre. Avait-il réussi à tuer lui-même son âme ?

— Personne ne jettera le discrédit sur personne et, crois-moi, Diamandis saura que j'ai mené l'opération. Parce que c'est entre lui et moi. Tu n'as jamais été centrale dans cette histoire, Alexandra.

Encore un coup de poignard... Très bien. Elle n'avait pas été « centrale » pour lui. Pourtant, si elle était la princesse... Il lui avait sauvé la vie en risquant la sienne.

Lysias n'était donc qu'un lâche ? Peut-être. Et il était possible qu'elle soit impuissante à changer son point de vue.

Elle se sentit lasse. Très lasse.

— Je veux rentrer, dit-elle.

Elle avait été sur le point d'ajouter « chez moi ». Au palais royal ? À Athènes ? Dans la villa de Lysias ?

C'était lui, son port d'attache. C'était dans ses bras qu'elle se sentait chez elle.

En silence, ils retournèrent à la voiture. Le trajet jusqu'au palais se fit en silence. Et ils se dirigèrent vers leur suite silencieusement, un garde derrière eux.

Pour la première fois, elle entra dans l'appartement sans aucun désir qu'il l'accompagne et, pour la première fois, il la suivit précipitamment.

— Non, dit-elle en se tenant sur le seuil pour lui barrer le passage. Je regrette, mais je préfère rester seule.

Interloqué, Lysias demeura immobile face à la porte fermée. Bon sang, que diable lui était-il arrivé pour qu'elle réagisse ainsi ?

Elle ne pensait tout de même pas être la princesse ?

C'était absu… Non, pas absurde. Vaguement vraisemblable. Et hautement improbable ! Même s'il devait reconnaître qu'il y avait plusieurs jours qu'il s'épuisait à rationaliser une succession de faits troublants.

De toute façon, il n'avait guère de temps à consacrer à ces sornettes, réalisa-t-il en consultant sa montre.

Il envoya le même message aux trois journalistes avec qui il avait rendez-vous en ville pour excuser son absence et celle de « sa fiancée bouleversée par son retour sur les lieux de sa petite enfance ».

Ravi de ce mensonge, il quitta la suite pour se concentrer sur son plan. Discrètement, il partit au Parlement afin de rencontrer les administrés avec qui il était en pourparlers.

À son retour au palais dans la soirée, il était soulagé de

compter un nombre suffisant de membres du Conseil favorables à son objectif de destitution par un vote de censure. Il s'étonnait cependant du soutien solide dont bénéficiait encore Diamandis auprès d'une grande partie du gouvernement et de la haute administration.

Refusant de laisser ses pensées d'égarer du côté d'Alexandra, il se rendit directement dans l'ancien appartement de fonction de ses parents où, par sadisme pur et simple, Diamandis avait escompté le faire dormir. Sans trop savoir pourquoi, il avait envie de lui prouver qu'il en était capable. Voire de se le prouver à lui-même.

Un sentiment étrange lui étreignit la gorge lorsqu'il poussa la porte principale du logement où ils avaient été si heureux, tous les trois.

C'était propre. Le mobilier était réduit au minimum : un lit et une armoire dans la chambre, une table et deux chaises dans le salon, un petit divan... Tout était neuf, y compris le linge de maison rangé dans l'armoire, encore sous plastique.

Personne n'avait donc habité ici depuis leur départ ?

Il s'assit par terre et laissa remonter les images, les sons, les odeurs. Il n'avait que de bons souvenirs, ici. Sous ses dents, il sentit le croquant des biscuits aux amandes du dimanche. Il se souvint de la file de petites voitures et ses figurines multicolores, sur le parquet de sa chambre. Et surtout d'*eux*. Ses parents étaient affectueux et attentifs, sans le couver à l'excès. Ils aimaient rire.

Il revit sa mère dans son rocking-chair, en train de plaisanter avec son père allongé sur le canapé. Un couple assorti et uni. Il sentit une douleur lui vriller le ventre en se rappelant les gestes tendres qu'ils avaient l'un pour l'autre.

Et pour leur fils unique, naturellement...

Oui, jusqu'à cette nuit fatale, il avait eu une enfance merveilleuse.

Comme son mobile sonnait, il s'extirpa de sa rêverie pour décrocher.

— Allô ?

— Bonsoir, monsieur Balaskas, dit le Dr Nikolaou d'une voix nerveuse. Je vous appelle directement au lieu de passer par votre assistant, veuillez m'en excuser. J'ai pensé que c'était préférable.

Lysias sourit. Enfin, les résultats !

— Bon. Je vous écoute.

— Il y a un petit problème avec le test ADN, révéla le médecin.

— Pourquoi ? Vous n'avez pas suivi mes instructions ? demanda-t-il d'un ton soupçonneux.

— Si. À la lettre. Ce que je voulais dire, c'est que je n'ai pas pu accomplir exactement ce que vous attendiez parce que...

— Faites très attention à ce que vous allez dire, coupa Lysias, menaçant. La proclamation officielle des résultats doit impérativement être faite dès...

— Non, non, je me suis fait mal comprendre, dit son interlocuteur dans un soupir. Les résultats du faux test ne posent aucun problème. En revanche, le test réel que vous m'avez prié de conduire en parallèle...

Il s'éclaircit la gorge avant de continuer :

— Il n'y a aucun doute possible. Cette femme appartient à la famille du roi. Ils partagent un patrimoine génétique commun assez important pour m'amener à conclure à un lien de parenté direct. C'est indiscutable, ils sont frère et sœur. Cette personne est donc bien la princesse Zandra. Le résultat falsifié ne sert à rien.

12

Lysias restait immobile, le téléphone collé à l'oreille. Ce que le médecin lui dit par la suite lui passa par-dessus la tête.

Alexandra était la princesse !

Inouï. Il était allé recruter un espion adolescent, il s'était retrouvé face à une jeune femme qu'il voulait faire passer pour une autre, et...

Elle lui avait offert *tout* ce dont il rêvait. *Tout* ce dont il avait besoin.

D'une façon ou d'une autre, il parvint à bredouiller un remerciement avant de raccrocher. Un écran lui embuait les yeux. La petite Zandra avait donc échappé au pire ! Un poids qui comprimait ses poumons depuis vingt ans s'envolait. Elle n'était pas morte cette nuit-là, ni quelques jours voire quelques années après en faisant de mauvaises rencontres. La petite fille aux grands yeux sombres était sauvée !

Et la merveilleuse Alexandra, *son* Alexandra... C'était elle ! Ses cauchemars. Ses souvenirs. Sa ressemblance avec la défunte reine. La photographie reconstituée et présentée par la journaliste... Tout faisait sens.

Serait-elle heureuse de l'apprendre ? Oh ! bon sang, il était fou de joie à la perspective de courir dans sa suite pour lui crier ce prodige, car elle cesserait aussitôt de le repousser, et tout serait différent dans…

Son élan retomba tout net.

Tout serait différent.

Évidemment. Or il n'était pas question de changer quoi que ce soit ici avant la réalisation complète de son projet. Il faudrait attendre que le vote ait eu lieu.

Quel imbécile ! Dire qu'il avait été tout près de se tirer une balle dans le pied ! Elle n'avait pas besoin de savoir.

Il se rassit par terre et serra les poings.

Personne n'avait besoin de savoir.

Alexandra étudia son reflet dans le miroir. Elle était en tout point conforme à l'image de la princesse qu'elle était payée pour interpréter ce soir, au grand bal du palais. Chaque détail de sa tenue extravagante avait fait l'objet des soins perfectionnistes de son habilleuse, depuis le bouffant de ses jupons jusqu'au tomber de la cape.

Le coiffeur venait d'apporter les retouches de dernière minute à son superbe chignon, et elle vérifia l'heure à l'horloge. Ils étaient censés faire une entrée très théâtrale dans moins de quinze minutes… Or Lysias n'était toujours pas là. Avait-il changé d'avis ? Devait-elle se rendre seule au bal ?

— Avez-vous besoin d'autre chose, mademoiselle Alexandra ? s'enquit la femme de chambre.

— Non, je vous remercie, répondit-elle, résistant à la tentation de lui demander si elle savait où diable « monsieur Lysias » était passé.

Seule dans sa chambre, elle resta debout, immobile dans sa robe de princesse.

Quelle ironie pour une fille des rues ! Une solitaire qui avait toujours rusé afin de protéger son identité. Étrangement, c'était aujourd'hui qu'elle éprouvait une profonde, une désespérante solitude. Parce qu'elle avait besoin de la présence de quelqu'un. Une personne en particulier, irremplaçable.

Elle poussa un long soupir. Au lieu de se montrer franche, de lui avouer ce qu'elle éprouvait pour lui, elle lui avait claqué la porte au nez...

Comme on frappait à l'entrée de la suite, elle sentit son cœur faire un bond. Lysias !

Hélas, alors qu'elle se précipitait pour ouvrir, elle se rappela que Lysias ne frappait pas. Il entrait sans demander la permission. La déception fut donc moins intense que la surprise lorsqu'elle trouva le roi sur le seuil.

— Bonsoir, dit-il avec un sourire timide.

Sans répondre, elle lui céda le passage, et il entra, suivi d'une jeune femme qui l'accompagnait souvent, un grand bloc-notes plaqué contre sa poitrine.

Alexandra n'avait cependant jamais été présentée à cette secrétaire particulière. Diamandis fit encore l'impasse sur cette formalité pour reprendre :

— J'ai pensé que nous pourrions échanger quelques mots avant le début du bal. Nous n'avons pas beaucoup de temps, mais...

Il se tourna vers son assistante et ordonna :

— Frappez à la porte quand ce sera l'heure.

L'intéressée hocha la tête et les laissa. Alexandra ne tenait cependant guère à subir un tête-à-tête avec Diamandis.

— Quel que soit le sujet de la discussion, il peut certainement attendre le retour de Lysias, déclara-t-elle sèchement.

— Pourquoi, il n'est pas là ? fit le roi, étonné.

— Il va arriver.

Diamandis sourit.

— Eh bien, j'aurai également des choses à lui dire, mais il vaut peut-être mieux que nous commencions à deux. Il s'agit du test.

Le comportement et la gestuelle de cet homme avaient changé, remarqua-t-elle. Elle pouvait le regarder dans les yeux sans redouter sa colère.

— Le médecin m'a appelé, poursuivit-il. Le comparatif de ton ADN et du mien est sans appel. Clair et net. *Tu es Zandra*. C'est tellement étrange pour moi de pouvoir prononcer ces mots mais… Sache que j'éprouve une infinie gratitude. Mon bonheur est immense, c'est bouleversant pour moi de retrouver ma petite sœur. Même si tu ne te souviens pas de moi.

Alexandra s'était changée en statue de sel. L'émotion du souverain était bien réelle, et les résultats du test, truqués. Elle n'était pas sa sœur.

— J'imagine que tu m'en veux beaucoup d'avoir douté de toi, continua-t-il d'une voix tremblante d'émotion. Moi aussi, je m'en veux. Qui d'autre me sautait dessus pour m'envoyer une chiquenaude dans le cou ?

Comme il se mettait à rire, elle perçut l'immense affection qu'il avait portée à cette petite fille.

— Personne n'a jamais osé lever la main sur moi, à part ma sœur chérie.

Ainsi, ce geste avait été accompli par Zandra. Mais alors, comment l'avait-elle su ?

Avant qu'elle n'ait su trouver une façon crédible de répondre au roi, la porte s'ouvrit à toute volée, et Lysias apparut.

— Qu'est-ce que tu fiches ici ? demanda-t-il à l'intention de Diamandis.

L'expression tendre et paisible du roi changea radicalement lorsqu'il reçut cette attaque de Lysias. Néanmoins, loin de s'énerver, il resta impérial pour déclarer :

— Ah, Lysias. Les résultats du test sont arrivés.

Il désigna les papiers du laboratoire posés par son assistante sur le meuble de l'entrée. Lysias tourna les yeux vers elle, mais elle fut incapable de sonder son humeur.

— Tu consens donc enfin à me croire ? demanda Lysias.

Le roi hocha gravement la tête.

— Je te dois des excuses, ajouta-t-il.

— Je ne te le fais pas dire !

— Pas pour avoir été suspicieux, reprit Diamandis, visiblement irrité par l'arrogance de Lysias. Il me semble que j'avais d'excellentes raisons de l'être. Mais je me suis montré trop dur. Et j'ai quelque chose à te dire.

Sidérée, Alexandra ne pouvait quitter des yeux le souverain qui venait de *présenter ses excuses* à quelqu'un. Il admettait ses torts. C'était assez rare chez un homme de pouvoir pour retenir toute son attention. Diamandis était plus complexe qu'elle ne l'avait cru.

— Il faut que tu saches que je n'ai jamais déclaré tes parents comme traîtres, ni donné l'ordre de les faire exécuter. Après le massacre, je n'étais plus moi-même. J'ai commis la grave erreur de me reposer sur le jugement de mes conseillers pour répondre au coup d'État. Ils ne sont plus en exercice, mais je garde sur la conscience cette faute… et les conséquences de mon manque de discernement.

— Tu aurais peut-être pris la même décision si tu avais tout supervisé toi-même, opposa Lysias avec rage.

Alexandra en fut d'autant plus choquée qu'elle tenait le rôle de la princesse. N'était-elle pas censée défendre son frère ? Or celui-ci s'efforçait de faire amende honorable… Pourquoi vilipender sa sincérité ?

— C'est possible, admit Diamandis. Quoi qu'il en soit, ce qui a eu lieu est impardonnable. Je n'espère donc pas que tu m'accordes ton pardon, Lysias. Mais j'ai vu comment tu protèges ma sœur, comment tu prends soin d'elle, et elle de toi. Je vous offre donc ma bénédiction pour vos noces.

Alexandra sentit une lame la transpercer. Diamandis avait un cœur. Elle s'en voulait de le voir dispenser sa gentillesse à ceux qui le trompaient. Un terrible sentiment de culpabilité s'abattit sur elle.

Ainsi que le regret que tout soit factice... Car non, elle n'épouserait pas Lysias, alors qu'elle le souhaitait de toutes ses forces. Elle aurait également aimé former une famille avec Diamandis.

Mais il lui suffit de regarder l'expression de Lysias pour comprendre que ce n'était qu'un rêve.

— Je ne me rappelle pas t'avoir demandé l'autorisation de l'épouser, Diamandis, répondit Lysias avec dédain.

— Lysias, intervint Alexandra en s'approchant de lui, essayons de poursuivre avec courtoisie.

Doucement, elle posa sa main sur son bras. Dans sa robe majestueuse, tout en bleu et en doré, elle irradiait de grâce. La cape nouée à son corsage mettait sa dignité en valeur. Sa noblesse de caractère.

La femme qui se tenait face à lui était une vraie princesse. Au-dedans comme au-dehors. Si elle le savait...

— Oh ! laisse donc, Zandra, dit Diamandis en insistant sur ce prénom qu'il n'avait probablement pas prononcé tout haut depuis vingt ans.

Lysias sentit un étrange frisson lui parcourir l'échine. L'homme qui avait autrefois été son ami adorait sa jeune sœur. Et ayant longtemps cru qu'il était le seul survivant de la famille... Évidemment, ces retrouvailles devaient l'ébranler.

Mais la jeune femme qui se comportait si généreusement avec le roi n'avait pas connu la vie confortable du palais royal. Pendant que Diamandis n'avait qu'à lever un doigt pour obtenir tout ce qu'il voulait, elle avait consacré chaque instant de son existence à contourner le danger et à se contenter de miettes.

— Elle s'appelle Alexandra, dit-il d'une voix vibrante de colère. C'est le prénom qu'elle portait dans la rue. Car par miracle, malgré ton inaction, elle a pu survivre. Biologiquement, c'est ta sœur. Mais la princesse Zandra a disparu lors d'une nuit funeste. Elle ne reviendra jamais du néant, et tu n'y peux rien !

Un lourd silence tomba dans la pièce. Lysias se reprocha aussitôt d'avoir exhibé son instinct protecteur vis-à-vis d'elle.

— Il y a beaucoup d'émotions qui resurgissent, dit Alexandra avec prudence.

Elle n'avait pas lâché son bras, et elle enchaîna :

— Chacun pourrait peut-être prendre le temps d'assimiler la nouvelle. Nous en discuterons ensemble en temps voulu.

Il détestait le sourire attristé qu'elle offrait à Diamandis. Comme s'ils étaient fous de bonheur, tous les deux, et que Lysias venait jouer le trouble-fête. Comme si elle savait la vérité, comme si elle croyait au résultat du faux test...

En réalité, Lysias savait qu'elle se sentait coupable de mentir à Diamandis. De lui faire croire qu'elle était sa sœur. Et il lui en voulait de cela aussi. Parce que de, toute évidence, elle était sensible aux états d'âme de son ennemi. Elle le ménageait !

Elle allait donc gâcher sa vengeance. Une vengeance que, depuis le début, elle désapprouvait.

Diamandis s'inclina devant la jeune femme.

— Je vous verrai tous deux au bal et, après la réunion du Conseil royal, demain, nous pourrons prendre le temps de reparler de tout cela. Ensemble.

Alexandra acquiesça de la tête, Lysias ne dit rien.

Mais dès que le roi partit, elle se tourna vers lui, le visage grave.

— Il faut qu'on parle, déclara-t-elle.

Trop de sentiments antagonistes l'étranglaient. Un tête-à-tête était au-dessus de ses forces.

— Je n'en ai aucune envie, aboya-t-il. Nous allons apparaître au bal comme convenu, tu seras officiellement reconnue comme la princesse, puis je m'assurerai que le reste de mon plan se déroule comme je l'ai pensé. Tu feras le travail que tu es payée pour exécuter, et il n'y aura pas de discussion avant ma victoire.

Alexandra recula d'un pas et croisa les bras sur sa poitrine.

— Non, Lysias, décréta-t-elle. Je ne viens pas avec toi.

Alexandra peinait à respirer, tant sa poitrine était oppressée. Elle avait mal au ventre et le cœur broyé. Rien ne pourrait la convaincre d'exécuter le plan machiavélique de son compagnon.

Un plan cruel, égoïste et dangereux pour Kalyva. Car elle suspectait depuis un moment que Diamandis ne soit pas le tyran dépeint par Lysias. Il avait seulement besoin de s'en convaincre.

Des larmes lui montaient aux yeux, et elle les refoula.

— Tu *dois* venir au bal, rappela Lysias. Je te paie pour ça !

— Je... Je regrette. J'ai le sentiment que ce ne serait pas juste. Pas bien.

— Qu'est-ce que les sentiments viennent faire là-dedans ? s'écria-t-il avec colère. Il ne s'agit pas d'étudier le bien et le mal, mais de finir ce que nous avons commencé !

Plus elle regardait ce visage furieux, plus elle y discernait du désespoir. Le désespoir d'un enfant de douze ans qui avait perdu des parents qu'il aimait plus que tout. Le désarroi d'un homme qui refusait de s'autoriser à aimer… par crainte.

Il avait peur, cela crevait les yeux.

Et il ne restait donc à Alexandra qu'à tenter le tout pour le tout.

Rassemblant tout son courage, elle le regarda droit dans les yeux et déclara :

— Lysias, je t'aime.

Elle lut le choc dans son regard. Mais il ne bougea pas.

— Tu aurais pu passer ton chemin et tu m'as sauvée. Tu m'as fait soigner. Tu m'as protégée. Tu crois que je n'ai pas vu la nouvelle dans le journal d'Athènes ? Vasilis Pangali ne s'est pas retrouvé en prison après avoir défié tranquillement les autorités pendant des décennies. C'est toi qui es intervenu. Tu me l'avais promis, et tu as tenu ta promesse.

— Cela n'a rien à voir avec ce qui nous occupe, protesta-t-il.

— Bien sûr que si. Tu es un grand homme d'affaires et tu as su toujours refuser la corruption. Tu es droit. Tu es honnête. Et tu as un sens très aigu de la justice. La vraie justice. Pas la vengeance. C'est l'une des raisons qui font que je t'aime tant.

Blême, il fronça les sourcils.

— Alexandra, tu vas ouvrir cette porte et nous allons nous rendre au bal. Demain, ma revanche sera complète. Tu recevras ton paiement et nous nous dirons au revoir. L'amour n'a pas sa place dans cette histoire, et il est inutile d'y revenir.

Rien ne la ferait reculer. Elle irait jusqu'au bout, décida-t-elle.

— Je t'aime parce que je sais que sous l'armure que tu t'es forgée, en dépit de la douleur que tu éprouves, il y a un homme qui cherche à aimer de nouveau. Qui en a besoin.

Cette fois, il recula vivement, comme si elle venait de le brûler, et il ne dissimula plus rien de sa fureur.

— Assez ! s'écria-t-il. Tu sais tout ça ? Tu crois lire en moi ?

Eh bien, tu te trompes ! Parce que le test que tu m'as prié de faire, le vrai, celui qui aurait dû te prouver que tu n'es pas la princesse… Il démontre le contraire ! Oui, tu m'as compris : c'est bien vrai.

La déflagration dans sa tête fut si violente qu'elle se tint contre le mur pour ne pas chanceler. C'était *vrai*… Diamandis était son frère. Ses parents, le couple royal, avaient été assassinés, et elle… Elle était la princesse.

Lysias serra les poings. Il se sentait dans un état second.

— Tu es Zandra, enchaîna-t-il. Et je te l'ai caché. J'avais d'ailleurs l'intention de ne jamais te le dire.

— Mais… Tu as tout de même fait réaliser le test. Quand as-tu obtenu le résultat ?

— Hier soir.

Pour sa surprise, le visage de la jeune femme s'illumina d'un large sourire.

— Oh ! je comprends ! dit-elle. C'est à cause de cela que tu es resté à l'écart.

Il fronça les sourcils.

— Non. J'avais à faire.

— Peut-être, mais la vérité, c'est que tu m'as évitée parce que tu savais que tu me dirais la vérité dès que tu me verrais.

Interloqué, il la dévisagea tandis qu'elle enchaînait :

— Tu ne m'as jamais menti, Lysias. Tu me dis toujours ce que tu penses et ce que tu ressens, sauf dans un domaine : l'amour.

— Alexandra, tu te méprends, je t'assure, lâcha-t-il dans un soupir. Je n'aime personne.

Il fallait en finir avec cette conversation insupportable. Il fit mine de consulter l'heure et conclut :

— Et si tu refuses de m'accompagner au bal, j'irai sans toi. Le dossier de la princesse retrouvée est classé. Je me concentre sur la destitution, maintenant : je n'ai plus besoin de toi.

Naturellement, ses grands yeux noirs brillèrent de douleur à ces mots.

— Comment peux-tu désirer lui faire tant de mal ? demanda-t-elle.

Lysias serra la mâchoire.

— Il a fait tuer mes parents, rappela-t-il d'une voix vibrante.

— Mais tu as entendu ce qu'il t'a dit : il avait momentanément délégué son pouvoir. Ce n'est pas lui qui a donné cet ordre. Il le regrette !

— Il était responsable, et il le sait ! se récria-t-il. Pendant que je risquais ma peau pour sauver sa famille, il s'est acharné contre mes pauvres parents.

Il vit les épaules de la jeune femme s'affaisser légèrement.

— Pas d'argument passionné en faveur de l'accusé, cette fois ? s'enquit-il d'un ton sarcastique.

— Non, lâcha-t-elle froidement.

Le regard dont elle le gratifia alors était lavé de toute tendresse. Il y lut de la pitié.

— Je ne puis rien faire d'autre que t'implorer, Lysias. Oui, t'implorer de renoncer à ton plan. Tu n'en as pas besoin. Tu peux te passer de cette revanche, comme tu dis, et poursuivre ta vie. Réparer ta relation avec Diamandis. M'épouser. Nous pourrions nous installer ici et y vivre, parce que nous sommes tous les deux des enfants de Kalyva. Personne n'effacera les vingt années d'errance et de chagrin qui ont suivi, mais nous avons le pouvoir d'infléchir la trajectoire. Une fin heureuse est possible, si tu y consens.

Il la considéra avec dureté.

— Il n'y aura pas de fin heureuse, Alexandra, asséna-t-il.

Les massacres, le sang versé, la mort... Je ne peux pas l'oublier. J'aurai ma vengeance. Elle est cardinale dans mon existence. Le reste n'est que transitoire.

— Mon amour pour toi n'est pas transitoire, opposa-t-elle avec force.

Elle était si belle, quand elle s'exprimait avec ce feu et cette détermination, qu'il en fut déstabilisé. Or, il ne pouvait pas se le permettre.

— Qu'est-ce que tu en sais ? riposta-t-il. Tu n'as pas le moindre souvenir de ta famille. Tu n'as eu d'histoire avec aucun homme avant moi. Et tu as toujours vécu seule... Alors comment peux-tu prétendre connaître quoi que ce soit à l'amour ?

L'attaque était d'une telle cruauté, d'une telle bassesse qu'il s'attendait à ce qu'elle le gifle.

Mais elle resta immobile. De marbre.

— Maintenant, si tu ne t'écartes pas de cette porte, je...

— Tu regretteras ton attitude, Lysias, dit-elle en lui cédant le passage. Quoi que tu fasses, quoi que tu dises, je suis amoureuse de toi. Tu décides de me blesser... Je t'aime donc en souffrant.

Malgré la boule qui lui plombait l'estomac, il secoua la tête avec rébellion.

— C'est de la folie !

Elle ne broncha pas.

— Non. C'est ma force. Et comme je viens de te le dire, tu le regretteras.

13

Passant par les corridors dérobés, Lysias se rendit sur la petite plate-forme en corbeille depuis laquelle il bénéficiait, en toute discrétion, d'un panorama privilégié sur la salle de bal. Autrefois, elle était utilisée par des chanteurs lors des concerts.

Enfant, déjà, il aimait venir s'y allonger pour assister aux galas officiels. Il espérait surprendre Diamandis en train de commettre une bêtise pour se moquer de lui le lendemain. Sans doute était-il également impressionné par l'opulence et le spectacle des têtes couronnées dans l'entre-soi.

Ce soir, il jeta un regard circulaire sur la salle. L'orchestre entonnait un concerto, des grappes de personnes divinement vêtues bavardaient à proximité des buffets, et il régnait ici une atmosphère… calme.

Il concentra son attention sur Diamandis. Même jeune, il se montrait autoritaire. D'où tenait-il ce caractère ? On avait reproché l'inverse à son père, le roi Youkilis : il manquait de poigne, de savait pas se faire respecter.

Il retint un soupir. La charge royale, surtout après une tragédie telle que celle du sanglant coup d'État, exigeait de la fermeté.

Il se rappela leurs chamailleries d'enfant, l'humour de

son ami, la chaleur de son amitié… Il avait tant perdu, cette nuit-là ! Au moins autant que lui et Alexandra.

Ses parents, deux frères, une sœur… Et son innocence d'enfant. Il avait quatorze ans.

Maudite Alexandra qui lui avait mis ces idées dans la tête ! Il ne pouvait pas se permettre ce genre d'apitoiement avant l'exécution de son plan, sinon…

Sinon ?

Elle en déduirait qu'ils avaient une chance, tous les deux. Qu'ils pouvaient former un couple. Et un jour, elle s'en irait. Elle l'abandonnerait.

Pourtant, l'exécution de sa fameuse revanche avec vingt ans de retard ne lui procurait plus l'excitation qu'il avait ressentie au départ.

En fait, une coulée acide arpentait son œsophage. Il se sentait malade.

Les conseillers avaient tellement freiné des quatre fers avant de se résoudre au vote de défiance… Il serait facile de tout interrompre. De laisser tomber.

Sans doute vaudrait-il mieux en finir avec cet endroit. Partir. Pour ne plus jamais revenir. Laisser Zandra vivre son destin auprès de Diamandis, au palais. C'était simple et aisé, Lysias rentrerait à Athènes pour se noyer dans le travail. Peu à peu, il oublierait Kalyva, Diamandis et Alexandra.

La réponse était sous son nez depuis longtemps. Elle était évidente : sa vie était construite, il n'avait qu'à la poursuivre.

Sans hésiter, il quitta la plate-forme et descendit dans la salle pour se diriger droit sur Diamandis. Prêtant peu d'attention aux gens avec qui le roi était en train de parler, il posa une main sur son épaule.

— J'ai besoin de te dire quelques mots en privé, annonça-t-il.

Diamandis haussa les sourcils.

— Ça ne peut pas attendre ? s'enquit-il en souriant au couple que Lysias interrompait.

— Non.

Le souverain soupira et s'excusa auprès de ses interlocuteurs.

— Mon assistante, Mlle Floros, va vous donner un rendez-vous le plus rapidement possible.

La jeune femme, qui se tenait toujours en retrait du roi, apparut avec son bloc-notes et sourit au couple pendant que Lysias et Diamandis quittaient la salle.

— Qu'est-ce qui se passe ? maugréa Diamandis dès qu'ils furent dans son bureau. Et où est Zandra ? Pourquoi n'a-t-elle toujours pas fait son apparition ?

— Ce n'est pas la question, répondit Lysias d'un ton sec. Demain, au Conseil, un vote de censure sanctionnera ton règne.

Loin de paraître déstabilisé ou surpris, Diamandis sourit.

— Tiens donc.

Lysias n'était pas dupe de cette tactique.

— Oui, confirma-t-il. Par six voix contre cinq. Et je peux l'empêcher, à condition que tu m'accordes trois choses.

Son ancien ami le dévisagea longuement.

— Je m'étonnais que tu aies eu assez de cœur pour me ramener ma petite Zandra... Je comprends mieux, maintenant que tu révèles ton petit chantage. Tu as ourdi un complot contre moi ?

Zandra n'était pas à lui, pensa-t-il rageusement. Elle était sous la protection de Lysias.

— Je t'en prie, ne joue pas l'offusqué. Mes trois demandes sont très raisonnables.

— Mais... Est-ce que tu n'es pas en train de m'avouer que tu renonces à une *vengeance* ? insista Diamandis. C'est bien cela ? Tu es revenu à Kalyva pour te venger ?

Lysias lut dans le regard de Diamandis une émotion qu'il n'aurait jamais cru y trouver : le chagrin.

— Oui, concéda-t-il. Mais cela n'aura plus d'importance si tu me donnes ton accord.

Il s'éclaircit la gorge afin de poursuivre :

— D'abord, tu feras changer la pierre sur la tombe de mes parents. Ils seront absous de tout crime et de tout acte de trahison. De plus, sur tous les monuments et les plaques commémorant la nuit sanglante à Kalyva, ainsi que dans les manuels d'histoire locale, ils seront mentionnés comme des héros qui ont sauvé la princesse.

Une expression d'ennui apparut sur le visage du roi.

— C'est ça, ta demande ? Tu perds ton temps, Lysias. À la seconde où j'ai su que ma sœur était en vie, j'ai immédiatement fait modifier le statut officiel de tes parents. Ils sont innocentés, et ils auront prochainement droit à une cérémonie posthume avec remise de titres honorifiques. J'ai commandé moi-même la nouvelle plaque dès que le médecin m'a eu transmis les résultats du test ADN.

Lysias ouvrit la bouche, mais aucun son n'en sortit. La scène qu'il était en train de vivre n'avait aucun sens. Il portait en lui cette infamie depuis si longtemps, et il avait été tellement certain de devoir livrer une bataille sans fin pour laver la mémoire des siens... Non seulement Diamandis acceptait sa requête, mais il la précédait !

Plus pressé que jamais de quitter Kalyva, il poursuivit :

— Deuxièmement, tu prendras soin d'Alexandra et tu la protégeras de tous les dangers, à n'importe quel prix.

— Oserais-tu sous-entendre que je suis capable du contraire ? s'offusqua Diamandis. C'est ma sœur !

— Je veux que ce soit gravé dans le marbre, dit Lysias d'un ton crispé.

— C'est le cas. Elle est en vie. C'est la princesse. Toutes les lois du royaume la protègent, ainsi que le serment que j'ai prêté en tant que souverain !

Pourquoi est-ce que c'était si simple ? Et pourquoi Diamandis se montrait-il si complaisant ? Décidément, cette épreuve était insoutenable. Il fallait en finir et décamper.

— Et ta troisième demande ?

Lysias hocha la tête.

— J'y viens. Quand elle te demandera où je suis passé, tu lui diras que tu as découvert mes manœuvres d'infiltration du Conseil royal. Que tu m'as remis une importante somme d'argent pour que j'annule le vote de défiance et que je disparaisse à jamais de Kalyva.

Diamandis eut l'air furieux.

— Comment veux-tu qu'elle soit dupe de ce tissu d'inepties ?

— Ne t'en occupe pas. Ce sont mes conditions, à prendre ou à laisser. Dans le second cas, tu perds ta couronne demain. Et je te préviens, si tu reviens sur ta parole à l'avenir, si j'apprends que tu n'as pas honoré à la lettre ton enga...

— Un instant, coupa Diamandis. Je ne comprends pas. Ta seule raison de renoncer à ta revanche, c'est Zandra. Alors pourquoi cette rupture ?

Il ne répondit pas. Ignorant la douleur qui le foudroyait, il garda le regard planté dans celui de son ancien ami.

— Bon, admit Diamandis d'une voix neutre.

Il lui tendit la main et conclut :

— Considère que c'est fait.

Lysias ne serra pas la main du roi. Il lui tourna le dos et quitta la pièce.

Ce soir, il déguerpissait de ce palais et de l'île.

Pour toujours.

Après avoir passé une bonne heure à pleurer sur son lit, Alexandra songea à se rendre au bal malgré tout. Ce serait un vrai gâchis de ne pas montrer cette robe, et puis… Elle était une princesse, désormais. Elle avait des obligations envers les gens.

Mais son cœur était brisé. Non seulement elle n'avait pas été capable de convaincre Lysias de renoncer à son plan insensé, mais il ne voulait pas de son amour.

Elle trouverait une autre occasion de rendre justice à sa robe, songea-t-elle, comme les sanglots l'étranglaient. Et de témoigner son respect aux citoyens de Kalyva.

Elle alla se coucher et passa la nuit à tremper son oreiller, cherchant le sommeil en vain. Impossible de laisser Diamandis se faire désavouer par un Conseil royal corrompu par Lysias ! Ou du moins manipulé. Cela n'avait d'ailleurs pas été si facile, d'après ce qu'elle savait du fonctionnement des institutions : il avait fallu que Lysias consacre dix ans d'efforts à convaincre six membres du Conseil… Décidément, elle ne pouvait pas rester les bras croisés pendant qu'un nouveau coup d'État aurait lieu.

Elle traversait le hall en direction du bureau de son frère, quand elle le trouva assis sur un banc, les yeux rivés sur son smartphone, à côté de son assistante.

— Bonjour, Zandra, dit-il en levant la tête pour lui sourire.

Puis il haussa les sourcils.

— Tu me cherchais ?

— Oui. Je voulais te parler avant que tu ne partes prendre place au Conseil.

Diamandis la dévisagea longuement. Un soupçon passa dans son regard.

— Comment cela… Ne me dis pas que tu étais courant de ce qu'il tramait ?

— Tu… Tu sais ? fit-elle, surprise à son tour.

Il hocha la tête.

— Oui, depuis hier soir. Lysias m'a parlé de sa vengeance, du vote de défiance… Puis il m'a demandé une importante somme d'argent pour tout annuler. Au beau milieu du bal, tu te rends compte ?

— De l'argent ? répéta-t-elle d'une voix blanche.

C'était absurde. Si quelqu'un n'avait pas besoin d'argent, c'était Lysias, l'un des hommes les plus riches du pays !

— Je ne comprends pas, avoua-t-elle.

— Moi non plus, répondit Diamandis en haussant les épaules.

Comme si le dossier était classé. Comme si cela n'avait aucune importance.

— Zandra, ajouta-t-il avec douceur, je ne pense pas qu'il revienne un jour. Il voulait sa revanche, elle est tombée à l'eau et il va passer à autre chose.

Elle secoua la tête avec tristesse.

— J'ai bien peur que non, justement. Il souffre trop.

Elle avait tellement mal ! Elle l'avait perdu, et il était tout pour elle.

— Zandra…

— Cesse de m'appeler ainsi ! geignit-elle. Ce n'est pas mon nom.

Elle se mordit la lèvre, ferma un instant les yeux et reprit avec plus de calme :

— Excuse-moi. Je suis très heureuse d'être ta sœur. De connaître ma véritable identité et d'avoir la chance d'être une princesse, mais… Je ne peux pas effacer vingt ans de ma vie. Ces années me définissent aussi. Laisse-moi le temps de m'accoutumer à « Zandra ».

Lysias aussi avait dû finir par le comprendre : sa vengeance n'effacerait pas sa vie difficile dans la rue. Ni le chagrin de l'orphelin qu'il resterait jusqu'à la fin de ses jours. L'oubli était impossible. Seule l'acceptation menait à la paix.

— Je te promets de me montrer plus attentif à cela, répondit Diamandis avec une gentillesse poignante.

Elle lui sourit. Quel drôle de grand frère… Ces vingt années n'avaient pas dû être aisées pour lui non plus.

— Tu crois qu'un jour, je me souviendrai de comment je me suis échappée ? demanda-t-elle.

— Qui sait ? J'ai passé deux décennies à chercher en vain la preuve que tu n'étais pas morte. Je n'ai rien trouvé. Je vais faire rouvrir l'enquête.

Alexandra plongea son regard dans le sien.

— Non, n'en fais rien, s'il te plaît. Il vaut peut-être mieux ne pas savoir. Nous contenter de ce que nous avons, avec gratitude.

Et d'un avenir sans Lysias, pensa-t-elle, le cœur en miettes. Elle se sentait comme aspirée par un grand vide. Un trou noir.

— Même si j'ignore comment concevoir la prochaine étape de ma vie, admit-elle en ravalant un sanglot.

— Tu n'as pas à t'en inquiéter maintenant, répondit Diamandis. Tu es à la maison. Chez toi.

Il semblait si inquiet pour elle qu'elle hocha la tête, même si elle tremblait d'effroi. *La vie sans Lysias*, se répéta-t-elle.

— Il a contraint Diamandis à ne pas vous dire la vérité ! s'exclama soudain l'assistante du roi en s'avançant vers elle.

Alexandra la dévisagea avec espoir.

— Quoi ? coassa Diamandis, estomaqué. Comment est-ce que…

— J'étais là, coupa-t-elle.

Elle se tourna encore vers Alexandra pour insister :

— Il lui a arraché la promesse qu'il vous ferait croire à ce marché : qu'il renonçait à imposer un vote de censure contre de l'argent.

— Vous n'étiez pas dans le bureau, dit le roi.

— C'est tout comme : j'étais devant la porte. Il est d'ailleurs parti si furieux qu'il a failli me renverser… Zandra, n'en croyez pas un mot : il n'a pas été payé. Il ne voulait pas d'argent. Ce qu'il a demandé, c'est…

— Mademoiselle Floros, dit le roi en lui prenant le bras pour la conduire vers la porte, vous allez me faire le plaisir de…

— D'abord, que le nom de ses parents soir réhabilité, énonça-t-elle en se retournant vivement vers la princesse. Ensuite, que le roi vous protège. Enfin…

— Katerina ! s'énerva Diamandis en la poussant dehors.

— Qu'il ne vous dise rien ! conclut courageusement la secrétaire.

Son patron lui claqua la porte au nez. Fascinée par la scène à laquelle elle venait d'assister, Alexandra observa un bref silence avant de demander :

— Diamandis, je ne saisis pas… C'est vrai ?

Il lâcha un profond soupir.

— Je devais remplir trois exigences de sa part pour interrompre sa vendetta, Zandra. Or, si je te réponds, je romps mon engagement.

— Considère que tu n'as rien trahi, murmura-t-elle, le cœur battant d'un fol espoir.

Il l'aimait. Oui, cela ne faisait aucun doute : Lysias l'aimait !

— Diamandis, il faut que j'aille à Athènes. Tout de suite. Je vais revenir, ne t'inquiète pas. Et je ne serai pas seule. Il sera avec moi.

Son frère sourit.

— Il sera le bienvenu, lui aussi.

— J'y compte bien ! Parce que je l'aime. Il a des défauts,

c'est vrai, mais même toi tu dois savoir qu'il a un cœur d'or, n'est-ce pas ? Et puis, tu es mieux placé que quiconque pour comprendre l'horreur des épreuves qu'il a traversées.

— Tu as raison. Le chancelier va te faire préparer une navette royale. N'oublie pas que je suis toujours là pour toi, désormais.

Alexandra s'approcha de lui et le serra dans ses bras pour la première fois. Peu à peu, entre eux, la tendresse viendrait s'ajouter aux liens très forts qui les unissaient. Elle en était certaine.

— Merci. Je ne sais pas si je me rappellerai un jour mes quatre premières années, mais nous avons toute une vie pour nous fabriquer des souvenirs.

Depuis la baie vitrée de son bureau, Lysias baissait les yeux sur les rues grouillantes de la capitale. Étant d'une humeur massacrante, il avait prié son personnel de ne surtout pas le déranger.

Impossible de se concentrer sur le contrat de la nouvelle acquisition qu'il visait dans le domaine informatique. Les mots et les chiffres défilaient sous ses yeux, vidés de leur sens. Il ne songeait qu'à elle.

Alexandra. *Sa* princesse.

Elle avait eu raison. La vengeance n'apaisait rien, ne réglait rien, ne changeait rien. La satisfaction qu'il avait cru en tirer relevait du mirage.

Il se sentait vide. Multiplier les affaires aussi brillantes qu'audacieuses, monter une start-up et devenir milliardaire… Tout cela avait répondu à un besoin précis : celui de se prouver qu'il était capable de se sortir de la rue, de réussir par la seule force de sa volonté.

Désormais, il avait la très nette impression de se trouver à une nouvelle croisée des chemins. Car s'il avait « tout », sans elle, cela ne valait plus rien.

Un invraisemblable brouhaha lui parvint depuis l'entrée, et il se retourna au moment où une voix de femme tonnait :

— Puisque je vous dis que je suis sa fiancée ! Il va me recevoir !

Cette voix… Incrédule, il se leva et vit la porte s'ouvrir à toute volée.

— Je… Je suis désolé, monsieur, balbutia son assistant.

— Aucune importance, Marcus. Laissez-nous, répondit-il en rivant son regard à celui d'Alexandra.

Elle était là. Sublime, avec ses cheveux lâchés sur ses épaules et son visage sculptural. Ses yeux brillaient d'une intensité qui lui fit battre le cœur plus vite encore.

Sans réfléchir, il se dirigea vers elle. Robe courte, veste et bottes : elle était tout en noir et croisait les bras d'un air farouche, à l'instar d'une héroïne de bande dessinée venue venger sa galaxie d'un terrible affront.

— Alors ? glapit-elle, glaciale. Qu'est-ce que tu as à dire pour ta défense ?

Sidéré, Lysias resta muet.

— L'assistante de Diamandis t'a entendu livrer les conditions de ton marché. Tu as renoncé à te venger. Tu n'as quasiment rien demandé en retour.

— Mais je… J'ai demandé ce dont j'avais besoin. Et ta présence en est la preuve : même ça, il n'a pas su le respecter !

— Tu n'as rien demandé parce que tu t'es enfui. Tu es amoureux de moi.

Il contempla le visage gracieux de celle qui lisait en lui comme à livre ouvert. Depuis combien de temps le savait-il lui-même ? La vérité s'était frayé un chemin jusqu'à sa conscience, de façon graduelle. À mesure qu'il perdait le contrôle de ses projets à Kalyva, il avait senti la place grandissante que se taillait la jeune femme dans sa vie. Dans son cœur.

Il avait fini par reconnaître l'intervention du destin dans leur histoire. La petite fille qu'il avait sauvée autrefois était devant lui. C'était une femme, et elle ne demandait qu'à lui rendre ce qu'il avait perdu la nuit où leurs vies avaient basculé. La confiance, l'amour.

Il l'aimait éperdument. Follement.

Et il s'approcha d'elle pour prendre sa main gauche et regarder le diamant à son doigt.

— Tu m'as rendu ma vie, Lysias. Mon identité. Une famille. Tellement plus que ce que j'espérais. Tu t'enfuis comme le petit garçon que tu as été et que tu n'es plus. Tu es un homme : tu peux courir où tu voudras, je te suivrai, je finirai toujours par te rejoindre. J'attendrai le temps qu'il faudra pour que tu acceptes de recevoir tout l'amour que j'ai pour toi.

Il sourit et fit la moue.

— Hum. Ce genre de chasse à l'homme, ce serait de l'espionnage, non ?

Sans sourire, elle insista :

— Alors il faut me convaincre que tu ne m'aimes pas. Parce que je ne peux pas y croire.

Il porta sa main à ses lèvres, y déposa un baiser très chaste et répondit :

— N'importe quel accident de la vie pourrait t'arracher à moi. J'ai préféré prendre les devants. Parce que je ne sais pas comment faire quand je n'ai pas le contrôle de la situation.

— Mais Lysias…

— Attends, laisse-moi terminer. Du jour au lendemain, j'ai tout perdu, autrefois : ma famille, ma maison, mon ami… J'ai voulu me venger. Ce faisant, je me suis accroché à ce que ma jeunesse avait de plus violent, de plus sordide. J'en ai oublié les bons souvenirs. Le positif. L'amour que se portaient mes parents et leur joie de vivre, leur aptitude à savourer le présent. Ce sont ces choses-là que j'ai envie de retrouver avec toi.

Il plongea son regard dans le sien et reprit :

— Je t'aime, Alex. Alexandra. Zandra. Princesse. Si tu acceptes de partager mon nom, tu pourras me demander de t'appeler comme tu le souhaiteras.

Une vive émotion colora le visage d'Alexandra, et il vit une larme briller au coin de son œil.

— Nous n'avons même pas parlé du fait que tu m'as sauvé la vie deux fois, murmura-t-elle.

— C'était la moindre des choses, *asteri mou* : toi, tu as sauvé mon cœur, et je ne saurai jamais assez t'en remercier.

Elle rit avant de protester :

— Mais si tu veux que je devienne ta femme, il va falloir me le demander gentiment. Avec le mot magique.

— Non, mon amour, répliqua-il en s'agenouillant devant elle. Je ne te dis pas s'il te plaît : je t'en supplie.

Visiblement très émue, elle sourit, mais il vit sa lèvre trembler.

— Accepte, je t'en conjure, de devenir ma femme. Au fil des merveilleux cadeaux que la vie va nous faire, et en dépit de tout ce qu'elle nous prendra. Je te fais le serment de ne plus jamais fuir. Tu es ma merveille, ma moitié, ma princesse.

Il sentit une larme d'Alexandra tomber sur sa main, et la regarda s'agenouiller comme lui pour entrelacer ses doigts aux siens.

— Je serai tout cela pour toi, Lysias. Et bien davantage, sans doute, mais le futur peut nous réserver ce qu'il veut pourvu que nous restions ensemble.

— Toujours, *asteri mou*. Toujours.

Et, d'un baiser amoureux, il scella cette promesse.

Épilogue

Trois mois plus tard

— Non. On ne décale pas un mariage royal, Lysias ! asséna Diamandis derrière son bureau.

Alexandra était assise à côté de lui, face à son frère. Lysias lui tenait la main, et ils échangèrent un regard complice.

— La date prévue pose problème, dit-elle.

— Est-ce que tu te rends compte de tout ce qu'il faudrait modifier ? demanda Diamandis.

Au cours des trois derniers mois, ils avaient eu quelques échanges électriques. Car ni Alexandra, ni Lysias n'étaient doués pour observer scrupuleusement le protocole du palais.

Mais ils inventaient des compromis. Ils apprenaient à se ménager mutuellement ; ils formaient une famille. Une famille amenée à s'agrandir.

— Oui, je comprends fort bien que ce soit ennuyeux, acquiesça Alexandra. Seulement, dans la mesure où je serai censée accoucher à ce moment-là, je vois mal comment obéir au calendrier initial.

Elle posa une main sur son ventre encore plat. L'idée qu'un enfant soit en train de s'épanouir en elle la subjuguait. Ils avaient d'abord gardé le secret au sein de leur couple, mais comme la préparation du mariage progressait, il leur paraissait impératif d'alerter Diamandis.

— Tu seras censée... Zandra ! s'exclama son frère.

Il en resta bouche bée, et elle sourit.

— Le médecin nous a confirmé que la date de la naissance de notre fille serait précisément celle prévue pour nos noces. Nous pouvons toujours jouer à la roulette. Il arrive que le bébé choisisse d'arriver un peu avant ou après, mais il me semble que...

— Une fille ? coupa le roi. C'est vrai ?

— Oui ! Tu vas avoir une nièce dans six mois. Tu comprends pourquoi il faut décaler le mariage ?

Diamandis ferma les yeux et se prit la tête dans les mains.

— Vous ne pouviez pas faire ça du temps où j'avais une assistante ? maugréa-t-il.

— Katerina me manque, renchérit Alexandra. Tu ne m'as jamais dit pourquoi elle était partie.

— Bon. Nous avancerons la date si c'est possible. Je vais regarder tout cela, et je vous tiens au courant. J'ai encore beaucoup à faire, aujourd'hui.

Alexandra n'avait pas l'intention de partir avant d'en avoir terminé.

— Nous avons choisi le prénom, annonça-t-elle.

— La tradition royale veut...

— Oui, Diamandis, je sais. Lysias me l'a dit. Mais je ne suis pas à l'aise à l'idée de me servir du prénom de notre mère alors que je ne me souviens pas d'elle. Un jour, tu auras peut-être une fille à qui tu souhaiteras donner...

— Je n'ai pas l'intention de me marier, interrompit le souverain. Ni d'avoir d'enfants. Cette nouvelle me réjouit aussi parce que tu donnes une héritière potentielle à la Couronne. Tu me délivres de cette pression !

Alexandra perçut une blessure profonde dans la voix de son frère.

Elle leva les yeux vers le portrait de leurs parents, accroché depuis peu dans ce bureau. *Donnez-lui l'amour que j'ai trouvé moi-même*, pria-t-elle en admirant leurs visages souriants.

— Quoi qu'il en soit, nous avons fait notre choix, lança Lysias. Notre fille rendra hommage à la défunte reine par son second prénom, mais elle sera baptisée en l'honneur de ma mère, depuis peu héroïne nationale.

Alexandra serra la main de Lysias dans la sienne. Elle savait que son frère ne s'opposerait évidemment pas à cette décision.

— Très bien, dit-il.

Puis il se massa les tempes et ajouta :

— Vous me donnez plus de tracas qu'un peuple entier, tous les deux. J'espère que vous vous en rendez compte.

Lysias sourit à Alexandra avant de se pencher vers son ami.

— Voyons, Diamandis, tu ne le sais toujours pas ? L'amour vaut tous les tracas.

— Toujours, acquiesça la princesse.

Vous avez aimé ce roman ?
Découvrez la suite de votre série
« La Couronne de Kalyva »
dès le mois prochain dans votre collection Azur !